Hibariyu
雲雀湯
illust シソ

7

転校先の清楚可憐な美少女が、昔男子と思って一緒に遊んだ幼馴染だった件

「吸血姫ブリギットたんを称えたい」
「え？　きゅう、けつき……？」

「そう、今ボクがやってるゲームの中で一番の推しキャラでね！　周囲からは冷徹で容赦のない絶対者の真祖の１人と恐れられてるんだけど、本当は戦いが苦手でぬいぐるみ集めとお様子作りが趣味。だけど自国を守るため無理矢理自分を偽って先陣を切ってるお姫様なの！」
一度何かのスイッチが入ってしまった春希は、完全に早口で推しを語るオタクのそれだった。

「こうして髪とか
ちゃんと整えた霧島くんって、
見た目も結構イケてるよね？」
「ぶっちゃけ、
隠れた優良物件だよねー」
「でも、２人って
ただの友達なんだよねー」
「じゃあさ、私が狙っていい？」

「…………え」
それはあからさまな冗談や揶揄いだった。
隼人でもわかる。
しかし春希は間の抜けた声を漏らし、目を泳がす。

Contents

illustration by シソ design by ムシカゴグラフィクス

転校先の清楚可憐な美少女が、昔男子と思って一緒に遊んだ幼馴染だった件７

雲雀湯

角川スニーカー文庫

23648

プロローグ

紅葉が散り始める頃だった。

市街地からは山が見え、大きな川が横切る地方都市。

大抵のものは中心部で揃《そろ》い、学校に行けば友達がおり、家に帰れば共働きの両親。

休みの日は家族で和気《わき》藹々《あいあい》と映画や買い物。長期休みには旅行。

そんなどこの家にでもある、よくありふれたみなもの日常は、ある日突然崩壊した。

『おい、これはどういうことだ⁉』

『見ての通りだけど、あなたが思ってるようなことは何もないわ！　そもそもずっと前から伝えていたじゃない！』

『これは聞いてない！　お前はいつも――』

『それを言ったら、あなただって前から――』

互いを罵《ののし》る父と母。

予想もしない言葉と共にぶつけられる冷たい視線。

剣呑《けんのん》な空気の中、競うようにして家を飛び出していく2人を、みなもはただ呆然《ぼうぜん》と立ち尽くして見ているだけしかできなかった。

あの時の目の前が真っ暗になり足元が崩れていくような感覚は、忘れられそうにない。

その日から両親は揃って家に寄り付かなくなった。

みなもとて、何もしようとしなかったわけじゃない。

だけど、父と母に届く言葉を見つけられなくて。

虚しさと共にただただ時が過ぎ、心が空っぽになっていく。

『みなも、こんなところにいたらいかん！　さぁ、ワシと一緒に行こう！』

そう言って失意の中にいたみなもを真っ暗闇の世界から引き上げてくれたのが、事情を聞いて駆け付けてくれた祖父だった。


幾度となく訪れた、勝手知ったる祖父の家。

古くところどころ綻《ほころ》びのある襖《ふすま》やカーテン。

からからと笑う、くしゃくしゃの笑顔のおじいちゃん。

幼い頃からずっと変わらないそれらは、凍てついたみなもの心を溶かしていく。

そして、ここにいてもいいのだと思わせてくれた。

あまり馴染《なじ》みのない街での祖父との2人暮らしは手探りで、戸惑うことも多い。

だけど生活に慣れようと色々やったり、急遽《きゅうきょ》転校したり志望校を変更したりとあたふたしていれば、忙しさによって悲しさが押し流されていく。

やがて時間をかけ、このままゆっくりと日常に戻っていくのかと思っていた矢先、祖父が倒れ入院した。

『その、すまぬ。なるべく早く家に帰るようにするからの……』

すぐさま駆け付けた病室で、申し訳なさそうな顔でそう言われたことが、強く記憶に残っている。そして、呆然と立ち尽くしてしまったことも。

どうして、大好きな家族が自分から遠ざかっていってしまうのだろう。

――――か？

ふいに父に告げられた言葉が脳裏を過れば、まるで自分が災厄を運ぶ原因じゃないかと思えてしまい、いっそ自分なんていなければよかったのではなんて、ぐるぐると嫌なことばかり考えてしまう。

その時からみなもは自分の殻に閉じこもった。

家に引きこもって、ずっと膝《ひざ》を抱えてばかりだったのを覚えている。

しかし２、３日経った頃だっただろうか？

そんな状況は、急に終わりを告げた。

ぐぅっと腹の音が鳴った。鳴ったのだ。

生きていれば当然だろう。心とは裏腹に、身体は何かを食べろと叫んでいる。本能であるそれに逆らうのは、ひどく難しい。

ふと塞《ふさ》ぎ込んだみなもを見て、哀しい顔をした祖父を思い返す。

すると途端に、あんな顔をさせたくないという想いが胸に湧き起こる。

それに、こんな時でもお腹は空いちゃうんだって、なんだかおかしかった。

瞳《ひとみ》に力が戻ったみなもは、のろのろとキッチンへ向かい、何か食べるものがないかと探す。

『……ぁ』

その拍子に仕舞われていた野菜が転がり、それらを見て大きく目を見開く。

いつ買ったものなのだろうか？　大きな芽がみなもの膝まで伸びていて、葉っぱを付けるまでに生長している。今まで見たことのないジャガイモの姿に、目をぱちくりさせるばかり。

頭の冷静な部分で考えれば、日が経てばこうなってしまうのはわかる。

だけどこの意外な野菜の姿は、植物としての本来の姿でもあって——それはすごく、この野菜が生きているんだと実感させられて。そしてふと、この野菜たちの半生を想像してみた。

土の中で地上に憧《あこが》れせっせと芽を伸ばし、たくさん日向《ひなた》ぼっこして、雨のシャワーを浴びて、一緒の畑にいる多くの仲間たちと競うように実を付けるのだ。

そして意志に反して収穫されてお店に並び、この家にやってきて、どんな料理にされるのだろうとドキドキしていたものの、忘れられてしまって拗《す》ねちゃって、だけど懸命に芽を伸ばしている。そんな、半生を。

『……ふふ、あは、あはははははっ』

どうしてか胸に込み上げてくるものがあって、笑ってしまった。

そう、生きているのだ。この野菜たちも。

色んなところで生まれて様々な経緯があってここにいて、だけど腐らずに芽を伸ばしている。

すると途端にこの野菜に感情移入してしまって、このまま捨てるなんてできなくなった。

けれど、これはもう食べられたものではなくて。

しかしその時、あることを思いつく。

『このまま、育ててみたらどうなるでしょう……？』

それはちょっとした好奇心。

気を紛らわせる、何かが欲しかったのもあるかもしれない。

みなもはこの時、高校では野菜を育ててみようと心に決めたのだった。

第1話 季節は流れ、変わりゆく

先日の秋祭りから少し過ぎた、とある日曜日。

隼人《はやと》は駅前にあるカラオケ店の一室で、何ともいえない顔を作っていた。

「あははははは、霧島《きりしま》ちゃんのお兄さんの歌ウケるーっ！」

「案外クセになるよね！　っていうかずっと耳に残っちゃってるしさ！」

「ねー！　もはや別物っていうか才能？　やけにじわじわくるし！」

「……それはどうも」

そう言ってきゃいきゃいと隼人の歌を囃《はや》し立てるのは、鳥飼《とりがい》穂乃香《ほのか》をはじめとした姫子《ひめこ》の中学の友人たち。隼人自身、歌が下手だという自覚もあり、弄られることに文句を言うつもりはないが、それでも彼女たちの反応には困ってしまう。はぁ、と大きなため息が漏れる。

そもそも何故隼人が穂乃香たちと一緒にカラオケに来ているかといえば、数合わせのためだった。昼過ぎにいきなり姫子が、今日までに一緒に連れてきた友達の数が一定数に達すると、今後1年間10％割引になるからと言って騒ぎ始めたのだ。霧島家の家計を預かる身として、10％の重みはよくわかっている。その言葉を出されなければ、妹の友人たちの集まりに来ようとは、思わなかっただろう。

とはいえ肩身が狭いのは事実。元凶である姫子はといえば、次に何を唄《うた》おうかと選曲パネルと睨《にら》めっこ。それを見た隼人がしかめっ面をすれば、ポンと肩を叩《たた》かれた。

「ふふっ、僕もあの子たちが言うように、隼人くんの歌は好きだよ。独特のテンポとメロディーラインとか、なんとも味わい深いよね」

「そつなく普通に上手いお前に言われてもイヤミにしか聞こえないぞ、一輝《かずき》」

隼人が少しいじけた風にジト目を返せば、一輝はおどけた様子で肩を竦《すく》める。そして視線を前へと促し、苦笑しながら呟《つぶや》く。

「そんなことないって。ほら、あれ」

「……あー」

そこにいたのは、友人にマイクを押し付けられて唄う沙紀《さき》の姿。

正直、歌唱力という点では隼人とドングリの背比べだが、しかし恥ずかしそうにしつつも懸命に唄う様は見る者の頬を緩ませる。現に穂乃香たちの表情もほっこりとしたものになっていた。

丁度その時、サビの部分に差し掛かった。すると「あ！」と目を輝かせた姫子が選曲パネルから顔を上げ一緒になって唄い出す。すると穂乃香たちも釣られてそれに続く。

いきなりのことに目をぱちくりさせる沙紀であったが、皆で一緒に唄えばたちまち笑顔に変わっていく。そんな風に楽しそうに唄う彼女はなるほど、上手いとか下手とか関係なく魅力的に映り、ドキリと胸が跳ねる。

隼人が「ほぅ」と息を零してしまうのと同時に、一輝がしみじみと呟いた。

「可愛いね」

「あぁ……って！　この同意は、一般的に見てというか誰だって楽しそうに……一輝？」

「っ！　え、あぁ、うん！　楽しそうに笑う子って、誰でも可愛いよね！」

「…………うん？」

胸の内を見透かされたかのような言葉にまたも揶揄《からか》われたと思った隼人は、慌てて抗議の視線を向けるも、一輝は自分の言葉に驚いたかのように目を瞬かせ、動揺の色を浮かべて視線を泳がせている。

予想外の反応に隼人がどうしたことかと訝《いぶか》し気に眉根《まゆね》を寄せていると、ふいに春希《はるき》がドリンクバーから飲み物片手に戻ってくる。そして呆《あき》れたように声を掛けた。

「何、2人して女子中学生を毒牙《どくが》に掛けようって話でもしてんの？　……イヤらしい」

「ばっ、誰が！　そもそも妹と同い年だろうがっ！」

咄嗟《とっさ》にいつも家でぐうたらしている、だらしない妹の姿《ひめこ》を思い浮かべ、ありえないとばかりに抗議する。しかしすぐさま一輝が、神妙な声色で言葉を被せた。

「でもたった1つしか違わないよね」

「うぐ、まぁ、それはそうだけど……」

言葉を詰まらせる隼人。妹の親友で1つ年下である沙紀は、魅力ある女の子と認めてしまっている。先ほどのセリフは言い訳にもなりやしない。

隼人がガリガリと頭を掻《か》いてそれらのことを誤魔化していると、こちらの騒ぎに気付いた穂乃香たちが話しかけてきた。

「そういや二階堂《にかいどう》先輩は唄わないんですか？」

「私、二階堂先輩の歌聞きたーい！」

「あの二階堂先輩がどんなの唄うか興味あるよねー！」

興味津々といった様子の穂乃香たち。中学時代の春希はといえば、隼人のよく知る姿からはかけ離れた文武両道、清楚可憐《せいそかれん》な高嶺《たかね》の花《はな》で近付くことも恐れ多い憧れの的、らしい。だから彼女たちにとって、春希が何を唄うのか想像も付かないのだろう。

その春希はといえば、「んー」と顎《あご》に指を当てながら一輝、姫子、沙紀や穂乃香たちをぐるりと見回し、隼人を見て少し眉根を寄せたかと思えば一転、少しばかり悪戯《いたずら》っぽい笑みを浮かべて答えた。

「大体アニソンとかかかな？」

「え、アニソンっ⁉」

「意外なんですけど！」

「二階堂先輩、アニメとか見るんだ⁉」

「春希さん、すごくアニメに詳しいというか、私もよくおススメしてもらってますよぅ」

「そうそう、しかもはるちゃんめちゃくちゃ歌も上手いんだよね」

「マジで⁉」「聞きたい！」「ぜひぜひ！」

「よーし、なら1つ唄って進ぜよう」

「「おーっ！」」

そう言って沙紀からマイクを受け取った春希は、ささっとパネルで曲を入力し、目の前の画面の前に立ち「んっ」と喉《のど》を鳴らす。それを合図に身を纏《まと》う空気を一変させる。

穂乃香たちがごくりと息を呑《の》むと共に、軽快なメロディが流れ出す。春希がにっこりと笑みを浮かべて歌と共に踊りだせば、たちまちワァ！　と大きな歓声と拍手が上がる。

ここからは春希の独壇場になった。

その歌唱力と振り付けで繰り広げられるアニメの世界に、誰もが魅入られていく。

当然、カラオケは大いに盛り上がるのだった。

◇◇◇

たっぷり3時間唄い終えて店を出れば、陽はすっかり傾き西の空を茜色《あかねいろ》に染めていた。

冷え込んできた空気が春希の肌を撫《な》でるが、カラオケで火照った身体には心地よい。

そこへまだ興奮冷めやらぬといった様子の穂乃香たちが話しかけてくる。

「二階堂先輩、凄《すご》かったです！」

「イメージめっちゃ変わりましたし！」

「よかったらまた一緒に遊んで……って、もうこんな時間⁉」

「やば、塾の時間もうすぐじゃん！」

「それじゃ、うちらはこの辺で！」

そう言って彼女たちは慌ただしく去っていく。

春希が苦笑しながら手を振っている隣で、疲れた様子の隼人が一輝に礼を言っていた。

「今日はいきなり呼び出して悪かった。でも助かったよ、もしあの中で男が俺1人だけって想像するとゾッとする」

「あはは、お役に立てたようでなにより。デート中の伊織《いおり》くんを呼び出すわけにもいかなかったしね」

「まぁな。……でも、正直少し意外だった」

「何が？」

「なんていうか、今まではああいう女子ばかりの集まりって苦手というか敬遠してただろ？」

「確かに。けど友達の頼みだし、それにこないだのことで色々吹っ切れたからね」

「あぁ、そっか」

そう言って笑い合う隼人と一輝を、春希はなんとも曖昧《あいまい》な表情で眺める。

こないだ。

確かに先日の秋祭りでは色々とあった。

あの時のことは、今も春希の心に強く刻み込まれ、未だ胸をざわつかせ搔き乱す。

春希がくしゃりと顔を歪《ゆが》めていると、ふいに姫子が「あ！」と小さく声を上げた。そして少し神妙な様子でつつつと一輝に近寄り、耳元で囁《ささや》く。

「あたし一輝さんの秘密、穂乃香ちゃんたちに言ってませんからね？」

「えっ⁉　ぼ、僕の秘密って……？」

姫子の唐突で意味深な言葉に、ビクリと肩を跳ねさせあからさまな動揺を示す一輝。

そんな一輝の反応に虚を衝かれる形となった姫子は、あわあわと言葉を紡ぐ。

「お、おおお姉さんのことですよ、お姉さんのこと！」

「あ、そのことか。てっきりいつの間にか姫子ちゃんに弱みを握られたのかと思ったよ」

「むぅ、あたしを何だと思ってるんですかー！」

「あはは。ほら、最近よく皆に情けない姿を見せることも多いからね」

一輝がおどけた風に言えば、揶揄われたと思った姫子がぷりぷりと頬を膨らませる。そして隼人が「確かにそうかも」と言ってくつくつと肩を揺らせば、一輝が「は、隼人くん!?」とツッコみ返す。その様子を見た沙紀も堪らずにくすくすと笑う。

そんな、一見今までと変わらないやり取り。いや、こうして一輝が弄られる隙を見せるようになった分、以前よりも仲が深まったようにも見えるだろう。

だけど注意深く一輝を見てみれば、眉間《みけん》にわずかに流れる冷や汗に微妙に硬い笑顔、気になって仕方ないとばかりに姫子の姿を追う視線。

同じく猫を被るのが上手い春希の目には、咄嗟に取り繕っているというのがよくわかり、少し離れたところでぎこちない笑みを浮かべることしかできなかった。

その後いつものように霧島家での夕食を終え、沙紀とも別れ1人になった帰り道。

『今日は友達と駅前のカラオケに行ってきました』

春希は姫子や穂乃香たちと唄っている画像を添付したメッセージをいつものように母親《田倉真央》に送り《報告し》ながら、今日のことを思い返す。

一輝は自然と穂乃香たちに溶け込んでいた。

流行の曲で場を盛り上げ、彼女たちが唄うアーティストの話題を提供し、話しかけられれば人好きのする笑顔で相槌《あいづち》を打つ。一輝にそんなことをされて、気を良くしない女子なんていやしない。

だから今日の立役者は一輝だった。

だけどそれはあらぬ誤解を招きかねない行為でもあった。もしかしたら、今日の一輝こそが本来の彼なのかもしれないが、その変化に眉を顰《ひそ》めてしまう。

その一方で一輝は他の子はまるで眼中にないとばかりに、姫子のことをずっと気に掛けていた。

『僕は今、生まれて初めて誰かを本気で好きになったんだ……』

あの秋祭りの時、ふいに一輝が零してしまった言葉が蘇《よみがえ》る。やはりあの時のことは決して気の迷いなんかじゃないと雄弁に語っていて。真実、その通りなのだろう。

もはや一輝の想いは疑いようもなく、しかしそれでもやはり、どうして、という戸惑いの気持ちは強い。

一輝だって、その想いを伝えてしまえば、せっかくの今のこの関係を崩してしまうというのは、よくわかっているのだろう。今日の姫子への態度や、怪しまれない程度に距離を取っていたのがその証左。

だけど。だけれども。

一輝はそれを承知で、変わろうとする道を選び、進んでいる。

――沙紀と同じように。

じくりと痛み、ざわつく胸を押さえる。

そんなことを考えているうちにやがて自宅が見えてきた。

いつもと同じく灯りの点いていない真っ暗な家を見て、ふいにスマホに目を落とす。

先ほど母親に送ったメッセージに既読は付いていない。

まぁそれはいつものことだ。下手をすれば数日付かないこともある。

仮に付いていても返事はなく、履歴を遡《さかのぼ》っても春希のどこに出掛けたかの報告が味気ない日記のように残されているのみ。

それは母に余計な煩わしさを感じさせないという、良い子の証。

延々と春希からのみ送られたそれらが、寒々と映っている。

「ボクは……」

春希はそれだけ呟《つぶや》き、胸に生まれかけたモヤモヤとしたものを振り払うかのように頭《かぶり》を振り、家へと入る。

「……ただいま」

慣れたはずの帰宅の挨拶《呪文》は、暗がりの中へと寂しげに吸い込まれていった。

第2話 ふとした変化

　このところ秋もすっかり深まり、夜も長くなった。太陽が顔を出すのも随分とのんびりしており、朝は布団を出るのが億劫《おっくう》なくらい肌寒い。

　そんな早朝の霧島《きりしま》家のキッチンに、じゅわっという小気味のいい音が響く。

「よっ、と」

　隼人《はやと》の機嫌の良い掛け声と共に、フライパンの上で卵液が舞う。

　作っているのはツナと大葉、それから秋らしくたっぷりのキノコを入れたオムレツ。

　過ごしやすい気候になり、夏場と違って火を扱うコンロの前に立つのも苦ではない。実りの秋であり、食欲の秋。調理する側としても色々と捗《はかど》りそうだ。

「姫子《ひめこ》、朝飯できたぞ――って」

「待って、おにぃ！　あともうちょい！」

「……冷めないうちに食えよー」

　姫子はといえばリビングの姿見の前で身支度のチェックに余念がなかった。衣替えした制服が気になるらしい。

爽《さわ》やかさと可愛らしさが前面に押し出された夏服と違い、前開きボタンが特徴的なそれは色合いも落ち着きと品があり、どこか大人っぽい雰囲気を醸し出している。

姫子曰《いわ》く、夏服と方向性が変わって髪型のちょっとしたところだとかソックスの長さのバランスだとかが気になるようなのだが、隼人は今一つピンとこない。数日前に衣替えして以来毎日繰り返されているから、なおさら。

隼人は零れそうになるため息と一緒に、コーヒーを喉の奥へと流し込んだ。


姿見の前で粘っていた姫子を急かし朝食を掻き込ませ、マンションを出た。

頬を撫でる空気はひんやりとしており、見上げた空は天井が抜けたように高く、青い。

脇道の雑草は朝露を湛《たた》え陽光を煌《きら》めかせており、あちらこちらの木々の葉からは色が抜け落ちつつある。

季節はもう、すっかり秋へと移っていた。

「姫ちゃーん、お兄さーん！」

「あ、沙紀《さき》ちゃん！　おはよー！」

「おはよ、沙紀さん」

待ち合わせ場所には、既に沙紀が待っていた。

こちらに気付くなり、ぱたぱたと駆け寄ってくる。

すると沙紀の姿を見て姫子が「あ！」と目を輝かせた。

「沙紀ちゃん、そのカーディガンってこないだ買ってたやつ？」

「うん〜。ここ数日、急に冷えてきちゃって〜……お兄さん、どうですか？」

沙紀は姫子ではなく隼人の方へ一歩詰め、狐色のカーディガンの裾《すそ》を持ってくるりと身を翻し、意見を求めてくる。

その距離は月野瀬《つきのせ》にいた頃には考えられないほど近く、ふわりと彼女から漂ってくる甘い年下の少女の香りが鼻腔《びこう》をくすぐれば、思わずドキリとしてしまう。

「あーえっと、髪の色とも合っていて、よく似合ってるよ」

「そうですか……えへ、嬉《うれ》しいです！」

「っ！」

未だ慣れない、無邪気に喜ぶ沙紀の笑顔を向けられれば、やけに胸が落ち着かなくなる。だけどにこにことした彼女から目を背ければ、妙に意識しているということを認めてしまう気がして、視線を外せない。なんとも厄介だ。

そして頰が熱を帯びていくことを自覚しながら、あることに気付く。

「あれ、沙紀さん寝不足？」

「……えっ⁉」

「あ、沙紀ちゃん目が赤いね。どうしたの？」

「もしかして夜遅くまで勉強していたとか？　まぁ受験生とはいえ、本番はまだ先だ。今から根を詰めすぎないようにな。……姫子はもうちょっと焦った方がいいと思うけど」

「さ、最近はちゃんとしてるし！」

「あ、あはは……、これはえっと、そのぅ……」

しかし沙紀は歯切れが悪く目を泳がせている。

姫子が「沙紀ちゃん？」と、きょとんとした様子で顔を覗《のぞ》き込めば、沙紀はわずかに後ずさりつつも、少し気恥ずかしそうに告げる。

「実は昨夜遅くまでゲームをしておりまして……」

「『ゲーム？』」

「あ！　もちろん勉強はちゃんとしてますよぅ⁉」

沙紀とゲーム。

あまりイメージと結びつかない答えに、隼人と姫子の霧島兄妹《きょうだい》は顔を見合わせる。

「へぇ、沙紀さんがゲームね。何のゲームしてるの？　俺、最近モンスター狩るやつちょくちょくやってんだけど」

「おにぃ、アクション系が苦手な沙紀ちゃんが寝不足になるまでやり込むってのはないでしょ。そういやプチモンの新作が発売されたばかりだっけ？」

「え、えっと、そういうのじゃなくて、春希《はるき》さんから借りたいわゆるシミュレーションゲームといいますか……」

「『シミュレーション？』」

その単語から戦国時代や三国志の武将になって天下統一を目指したり、炎の紋章を巡って戦ったりするファンタジーゲームを想像する霧島兄妹。反射神経を使う類のものでなく、またキャラ人気が高く女性ファンを多く獲得していることから、納得とばかりに、うんうんと頷《うなず》く。

しかし沙紀は気まずそうな顔をして曖昧《あいまい》に目を逸らす。

なお沙紀がやっていたのは、春希から借りたシミュレーションの前に恋愛という枕詞が付き、何ならレーティング規制的に本来沙紀がプレイしてはいけない類のものである。

「おはよーって、ボクが最後だったか」

そこへ春希がやってきた。

すると姫子はパァッと目を輝かせジロジロと春希を、正確にはその制服を見る。

「はるちゃんおはよ……って、ん～っ、セーラー服もいいけどやっぱブレザーも都会って感じがしていいよねーっ！」

「うちの制服って結構可愛いって評判みたいだしね。よく目立つデザインしてるし」

「うんうん、スカートの色合いもいいし、縁取りのカラーもいい感じでオシャレだし、人

気あるのもわかる！」

「進学校だってこともあって、その方面ではかなりの高額で取引されているらしいよ？」

「なんでそんなこと知ってるんだ、春希」

「以前ちょっとした好奇心で調べてみてね！」

「あ、あはは……春希さんってば……」

不適切なことを言い出す春希に、ツッコミを入れる隼人。沙紀も思わず苦笑を零す。

しかし姫子は目を何度かぱちくりさせた後、表情を輝かせた。

「制服の取引、ってことは買えるの!? わー、可愛い学校のやつとかちょっと欲しいかも！ フリマアプリとかだと制服の売買禁止だし……ね、はるちゃん、それってどこ行けば買えるの!?」

「え、えーと……あ！ 今日は野菜の水遣りする日だから、早く花壇へ行かないと！」

「っ!? ちょっと待ってよ、はるちゃーんーっ！」

妙なところに反応した姫子に面食らった春希は、そそくさと学校へと足を向ける。

隼人と沙紀は眉根《まゆね》を寄せて顔を見合わせ、「誤魔化したな……」と呟くのだった。

姫子と沙紀の中学生組と別れた隼人と春希は、肩を並べて高校を目指す。

思えばこうして一緒に登校するのも、随分と日常になってきたものだ。

隣を歩く幼馴染《春希》がピンと伸びた背中に長い髪をなびかせ、キチッとブレザーを着こなしている様は清楚可憐《せいそかれん》、優等生然とした大和撫子《なでしこ》。よく似合っている。慣れない制服に着られているかのような隼人とは大違い。

昔と同じようで違う。

気にならないわけじゃない。

少しボサッとしている、夏と比べて随分伸びた髪を一掴《ひとつか》みし、目を細める。

（……一輝《かずき》オススメの美容院、か）

そういえば、春希はその辺どうしているのだろう？

ふと疑問に思い隣を見てみれば、やけに神妙な顔で考え込んでいる様子に気付く。

「春希？」

「うん、何？」

「いやその、何か悩み事でもあるのか？」

「っ！　あー、うー……」

隼人が問いかけると、春希の肩がビクリと跳ねる。そしてくしゃりと顔を歪《ゆが》ませるも一瞬、少し悩むような唸《うな》り声を上げ何ともいえない声色で呟く。

「ひめちゃんってさ、案外男の子にモテそうだよね」

「…………は？」

予想外の言葉に、思わず素《す》っ頓狂《とんきょう》な声を上げてしまった。

姫子がモテる。

微塵《みじん》も考えたことのなかった予想外の言葉に、意識と共に足が止まってしまう。

すると春希はそんな隼人に慌てて早口で言葉を紡ぐ。

「いやほら、ひめちゃんって可愛い見た目してるじゃん？」

「まぁ、見た目に気を遣っているとは思うな」

「積極的に自分のしたいこととか行きたいとことか、裏表なくちゃんと喋《しゃべ》ってくれるし」

「落ち着きと遠慮がないだけだな……とはいえ内弁慶で外ではオドオドすることが多いけど」

「そうだけどさ……ふふっ、お兄ちゃんは辛辣《しんらつ》だ」

「でも事実だろ。普段から世話が焼けるし、だらしない姿ばかり見ているからな」

隼人は姫子の普段の姿を思い返し、眉間《みけん》に皺《しわ》を寄せたまま、ふんっと鼻を鳴らす。春希もあははと苦笑を零し、しかしやけに真剣な表情を作り直してジッと目を見つめてくる。

「もし……もしもだけど、ひめちゃんに彼氏ができたとしたら、隼人はどうする？」

「姫子に彼氏って……」

難しい質問だった。

普段のだらしない姿を知っているだけに、まだ見ぬ妹の恋人を想像するだなんて、ツチノコやネッシーを発見するよりもハードルが高い。

「とりあえず、本当に姫子が相手でいいのかって確認する、かな……」

「……あはは、そっか」

少々ぶっきら棒に答えた隼人に対し、春希はあやふやな笑みを返すのだった。


教室に着くなり、春希はあっという間に女子たちに囲まれた。

「あ、二階堂《にかいどう》さん来た！」

「わ、マジでそっくり、っていうかやっぱ本人じゃん！」

「ね、ね、これってやっぱ二階堂さんだよね⁉」

「みゃっ⁉」

突然のことに面食らう隼人。その間にも春希は彼女たちに揉《も》みくちゃにされ、「「「きゃーっ！」」」という黄色い声と共に「んみゃーっ⁉」と鳴き声を上げている。

彼女たちは一様に手にスマホを持っており、見慣れぬ顔も多い。どうやら他のクラスや上の学年からもやってきているようだ。

恵麻《えま》もなんとか春希をフォローしようとするのだが、焼け石に水。むしろ「え、その場に伊佐美《いさみ》さんもいたの⁉」とツッコミを入れられ、巻き込まれてしまう。

隼人は目をぱちくりさせつつ、鞄《かばん》を置いて伊織《いおり》の方へと視線を投げた。

「アレは一体……？」

「先日浴衣《ゆかた》を買いに行った時さ、ＭＯＭＯとの騒ぎあっただろ？」

「あったな、動画とか結構回ってたっけ。けどそれって、結構前の話だろ？」

「それが最近さ、ＳＮＳを中心にＭＯＭＯの隣にいるあの黒髪の女の子は誰だ!?　って話題になっているらしくってさ」

「は？　……でもそれで、もしかして春希なんじゃ、とこの騒ぎか」

「そういうこと」

ＭＯＭＯのゲリライベントの件は、以前にも話題になってはいた。だがそれは半月近くも前の話であり、どうして今になってと首を捻《ひね》る。

すると伊織は肩を竦《すく》めつつ、少しの躊躇《ためら》いの後、自分のスマホをこちらに差し出す。

「……これは」

画面に映っているのは目の前の騒ぎの元となった件の動画。

春希が目立つように撮影、編集されているだけでなく、コメントでも『ＭＯＭＯを引き立たせるように唄《うた》ってるの、やばくね？』『振り付けや位置取りとかも、完全にプロのそれ』『ＭＯＭＯと並んでも見劣りしないし、相当可愛い』といった、春希の存在に目を向けさせるような文言が多い。明らかに裏に何かしら恣意的《しいてき》なものがあるのを感じ、眉間に皺が寄っていく。

咄嗟《とっさ》に脳裏に浮かぶのは30代の何度か顔を合わせた端整な男性――桜島《さくらじま》の姿。

無関係ではないだろう。

今までの反応を見るに春希を、いや、田倉真央《たくらまお》の娘のことを知っているのは間違いない。

それとは別に彼の立場として、春希のあの才能を放っておくというのも難しいだろう。

これまで間近で見てきているだけに、隼人にはそれがよくわかる。わかってしまう。知らず、もやもやする胸を押さえる。

「……っと、これは一体何の騒ぎなんだい？」

「一輝」

そこへ一輝が現れた。朝練の直後なのか、まだジャージ姿だ。どうやらこの騒ぎが気になってやってきたらしい。

伊織が苦笑と共にスマホを差し出せば、画面を覗き込み「……あぁ」と何ともいえない声を零す。そして顔を見合わせ、春希の方へと視線を向ける。

ヒートアップしている女子たちは、「これってスカウトされてるよね!?」「二階堂さん芸能界入るの!?」「今のうちにサインもらっといた方がよくない!?」と妄想を逞《たくま》しくし、揉みくちゃにしていた。

春希にとって芸能界は――田倉真央に関わるような話題は一種の禁句だ。「アレ、アレはその、アレで」とアレになって顔を引き攣らせている。だが、彼女たちはそんな事情なんて知る由もない。当然だろう。

隼人は目を細め、ぎゅっと拳《こぶし》を握りしめる。

何とかしないと。

でもどうやって？

歯痒《はがゆ》く思いながら眺めていると、やおら一輝が顔を上げた。一瞬躊躇いを見せたものの小さく頭《かぶり》を振り、こちらに向けてウィンクを1つ。

そして一輝が取った行動に、隼人と伊織は驚愕《きょうがく》に目を大きく見開いた。

「そうそう、ＭＯＭＯといえば髪を乾かさずに寝ちゃって、爆発させた髪を最新のパーマだって言って登校してきた時の画像、持ってるよ」

「「「っ⁉」」」

そんなよく通る声を教室に響かせれば、たちまち一輝へと注目が集まる。

一輝はにこりといつもの人好きのする笑みを浮かべ、彼女たちの好奇の視線をさらりと受け流し、ひらひらとスマホを掲げれば、あっという間に春希からそちらに興味が移っていく。

「うっわ、このボサボサ具合やばい、ていうか微妙に似合っているのが色々ありえねーっ！」

「愛梨《あいり》が唇尖《とが》らせながら髪梳《す》いてるのウケるーっ！」

「2人とも同じ制服、って先輩後輩なんだっけ？」

「てか海童《かいどう》くん、何でこんな写真持ってんの⁉」

「あぁ、実は中学が同じでね。ほら、他にも頻繁に失くすリップクリームを愛梨が全部見つけて、机に並べてお説教してる動画もあるよ」

「「「「っ⁉」」」」

　さすが実弟、MOMO《姉》のそういった少々残念なネタには事欠かないらしく、女子たちをあしらいつつも次々にネタを提供していけば、彼女たちも他では知り得ない情報に引き込まれる。効果は覿面《てきめん》だった。

　しかしその姿に違和感を禁じ得ない。彼らしくない行動だった。春希に助け船を出すためとはいえ、この行動は一輝がMOMO《有名人弟》の身内だとバレるリスクがある。

　今までの一輝ならば、こんな危険な綱渡りじみたことはしなかっただろう。

「海童……」

　いつの間にか人波を抜け出した春希が、何とも訝《いぶか》し気な声色で呟《つぶや》く。

　ふと、一輝と目が合った。一輝は春希に向けて、にこりと手を振る。

　すると春希も一瞬目をぱちくりさせ、しかし憮然《ぶぜん》とした表情でそっぽを向く。そして隼人にだけ聞こえるような小さな声で、ポツリと呟いた。

「助けてくれて、あんがと」

「本人に直接言ってやれよ」

「……ふんっ！」

「ぁ痛っ⁉」

隼人が呆《あき》れたようにツッコめば、機嫌を損ねた春希に脇腹を抓《つね》られるのだった。

「次のＬＨＲ《ロングホームルーム》では文化祭について色々決めるぞー、色々考えておくように」

朝礼の諸連絡後、担任教師が最後に告げた言葉で教室が一気に沸き返った。

生徒たちは早速とばかりに近くの者たち同士で言葉を交わし、どんどん盛り上がっていく。担任も最初こそは「静かにー」と窘めていたが、やがて言うだけ無駄と悟ったのかそのまま教室を去っていった。

文化祭。

高校生活を彩る一大イベントの１つ。

もちろん隼人だって心躍らないわけがなく、隣の春希に声を掛けようとして――

「なぁ春希、文化祭――」

「ね、ね、二階堂さん、やっぱ文化祭といえば喫茶店だよね！」

「せっかくなら衣装にもこだわりたいというか、ベタだけどメイド喫茶よくない？　絶対人気出るよ！」

「いやいや、巫女《みこ》カフェとかも全然ありっしょ！」

「ていうか二階堂さんミスコン出るの!?　うちらめっちゃ応援するし！」

「それよりバンドとか興味ない!?　二階堂さん、歌とか動画ですごく上手かったよね！」

「ならここは、ライブカフェするとか！」

「どうせならコスプレとかして！」

「「「きゃーっ！」」」「「「うおおおおおおっ！」」」「みゃーっ!?」

またしても春希は囲まれた。今度は女子だけでなく男子も一緒になって、文化祭の催し物について捲《まく》し立《た》てている。

確かに1年でもよく知られている春希を看板娘に据えれば、成功は約束されたも同然だろう。彼らの勧誘に熱が籠《こ》もるのも無理はない。

春希が「部活や実行委員の方が忙しいので、あまり力にはなれそうにないです」とやんわり断っても、「ちょっとだけでいいから！」「シフトとか時間は二階堂さんに合わせるし！」と食い下がってくる。

隼人は人気者も大変だな、と思いながらため息を1つ。

どこか他人事《ひとごと》のように眺めていると、ふいに声を掛けられた。

「霧島くんさ、料理得意なんだって？」

「そうそう、森《もり》くんが弁当いつも自分で作ってるって！　やばくね!?」

「裁縫もソーイングセット持ち歩くくらい得意だとか！　むぎちゃんが言ってたよー！」

「むぎちゃんのボタンだけじゃなく、バイト先の制服もちゃちゃっとほつれを繕ってくれたって、伊佐美さんが！」

「っ⁉　え、あ、いや、その、えっと……⁉」

そして隼人も囲まれた。料理や裁縫の腕を買われてのことらしいが、まさか声を掛けられるとは思わず、何とも反応に困り言葉を詰まらせてしまう。

そんな中、伊織と恵麻がこちらに向かってグッと親指を立てているのが見えた。どうやら２人が隼人のことを皆に喧伝《けんでん》していたらしい。隼人は２人に困った顔を返す。

しかし少し気恥ずかしいものの、こうして頼られるのは悪くない気分だった。


春希、そして隼人への勧誘は休み時間の度に繰り広げられた。

昼休みになって早々、２人は伊織と恵麻と連れ立ち、廊下でこちらに向かってきていた一輝と合流して逃げるように食堂へ。

お昼時の食堂は、相変わらずお腹を空かせた生徒たちで溢《あふ》れ返っている。

転校直後はこの混雑具合に度肝を抜かれ、とても利用できるものじゃないと思っていた。しかし都会に出てきて早４ヶ月と少し、街の喧騒《けんそう》にも慣れたこともあり、今ではたまに利用することもある。とはいえ、今日はいつものようにお弁当だ。同じ弁当組の伊織と共に席を確保しつつ、皆が揃《そろ》うのを待つ。

そして皆と一緒にお昼をつつきながら話すのは、やはり文化祭のこと。

隼人たちへの勧誘のことを聞いた一輝が、質問してくる。

「へぇ、二階堂さんだけじゃなく、隼人くんも引っ張りだこになってたんだ？」

「もっとも俺は裏方だけどな。それに何をするかまだ全然決まってないし、答え辛い」

「まぁうちのクラスは二階堂がいるからなー。何かしら衣装のある喫茶店で、っていう方向で動いてるみたいだ。オレはハロウィンコスプレ喫茶を推しといたぜ」

「ボク、あまり表に出たくないんだけどなぁ」

春希が困ったような顔で呟けば、恵麻が目をぱちくりさせる。

「えぇ、もったいない！　二階堂さん舞台映えするし、歌も踊りも上手いのに！」

「二階堂、今朝の動画でも評判よかったよな。もしかしてミスコンも出ないのか？」

「……その、ボク、目立つの苦手なんだよね」

食い下がる恵麻と伊織に、春希は申し訳なさそうに困った顔をした。

文化祭には大勢の人が外部からもやってくる。そして、どこに誰の目があるかもわからない。今朝の動画がいい例だ。しかし春希と田倉真央の確執なぞ、他の人が知る由もない。

隼人は目の前の春希に眉《まゆ》を顰《ひそ》めつつ、話の流れを変えようと質問を投げかけた。

「なぁ、そういや一輝のクラスはどうなんだ？」

「うん？　うちのクラスは早々に女装キャバクラをすることに決まったよ。僕も当日指名ナンバー1を目指すから、是非応援に来てよ」

「え？」「……は？」「ぶっふぉっ！」「きゃーっ⁉」

さらりと色物の出し物に参加することを告げる一輝。

予想外のことに呆気《あっけ》に取られる隼人と春希に、お茶を噴き出す伊織。そしてどこか目をキラキラと輝かせる恵麻。

目尻《めじり》に少し涙を浮かべた伊織が、肩を震わせながら訊《たず》ねる。

「た、確かに面白そうな企画だな。一部の女子とかが好きそうだ」

「うん、実際そんな感じだね。今までにあまり関わりのなかった女子たちが中心になって、他の子たちと一緒に盛り上がっているよ」

「わかるわかる！　私もちょっと興味あるし！」

「え、恵麻……？」

「そういや姫子も月野瀬に帰った時、心太《しんた》にやたら可愛い格好をさせたがってたな」

「あはは、まぁでも実際可愛かったよね、心太くん」

「……心太？」

一輝の表情がピシリと固まり、怪訝《けげん》な声を零す。

隼人はそれを見て、心太という自分と春希しかわからない名前を出してしまったことに気付き、バツが悪くなる。どう説明したものかと「あ〜」と母音を口の中で転がしながら、スマホの写真ファイルを開いて彼らの前に画面を向けた。

「えっと、これ」

「お、いいじゃん！」「この子、が……？　え、でも心太って……」「きゃーっ、ちょっと何この子すっごく可愛いんですけど！」

そこに映っているのは、祭りの時に撮影した女児用の稚児服《ちご》を身に纏《まと》い、髪や化粧をそれ用に整えられた心太の姿。どこからどう見てもショートカットのおめかしした女の子にしか見えず、ある意味姫子渾身《こんしん》の力作だ。

それを見た一輝と伊織は感嘆の声を、恵麻は興奮気味の黄色い声を上げる。隼人はおずおずと言葉を紡ぐ。

「その子が心太。沙紀さんの従弟《いとこ》。うちの田舎、祭りの時に7歳になった子供を山車《だし》に乗せて練り歩く風習があってさ」

そして隼人は一緒になって川遊びやバーベキューをした時の、普段の少しやんちゃな男の子である心太の写真を見せる。

すると今度は3人の表情が、みるみる驚きへと変わっていく。

「へぇ、これはこれは……」

「ひゅう、これはすごいね。変身だわ」

「待って待って、この子があの娘に⁉　やば、ドキドキしてくる……っ！」

「あ、ボク他にも沙紀ちゃんの小学校入学式の時の服とか、小さい時の巫女服を着せた写真持ってるよ」

「っ⁉　二階堂さん、見せて！」

「はい、これ」

「きゃーっ！」

「……いつの間に心太にそんなことを」

「やー、ボクも心太くんには悪いと思いつつも、ひめちゃんや沙紀ちゃんを止められなくてさ。まぁ止める気もなかったんだけど！　にししっ」

そう言って、ちろりとピンクの舌先を見せる春希。

どうやら心太は、隼人の知らないところでも餌食になっていたらしい。春希のスマホに鼻息荒く食いついている恵麻を見て、ご愁傷さまと心太に心の中で手を合わせる。

そして恵麻の反応をジッと見て何かを考えていた一輝が、ふいに声を上げた。

「どうせなら僕も本気で女装に臨んでみようかな？　化粧とかウィッグとか服とか……うちのクラスの女子たちや、姉さんにも教えてもらってさ」

「お？」

「それって……」

一輝がにこりといつもの人好きのする笑みを浮かべて言う。しかしその言葉に、隼人は目をぱちくりさせる。思えば、今朝のＭＯＭＯのネタの時もそうだ。

ここのところ、一輝は妙に周囲に関わることに積極的だ。特に今まで女子に対しては壁を作り、なるべく関わろうとしてこなかった。かつてのことから恐れていたと言ってもいい。

一輝は変わった。何か殻を破ったというか、強くなったような印象を受ける。明らかに今までの自分を変えようとしての行動に思え、自然と頬が緩む。

きっと。

これらは全て、先日の秋祭りのことがきっかけになっているのだろう。

「海童は……」

ふとその時、春希が妙に硬い声で小さく呟《つぶや》いた。初めて耳にする、心のぐらつきを感じさせる声色をしている。

「春希？」

「っ⁉　いや、当日海童をどう笑ってやろうかなって」

怪訝に思い話しかけると、春希は悪戯《いたずら》っぽい笑みを返す。いつも通りだった。隼人は多少の引っ掛かりを覚えつつも、それに合わせる。

「そっか、じゃあ俺も当日楽しみにして笑いに行くよ」

「おや、言ったね？　じゃあ惚《ほ》れさせるくらいの意気込みで臨むよ」

「オレも恵麻と一緒に指名しに行くぜ」

「って、海童くんが霧島くんを落とすって聞こえたんですけど!?」

「む、海童ーっ！」

そして男子3人顔を見合わせ、食堂に愉快気な笑い声を響かせた。


放課後、隼人と春希は園芸部の花壇がある校舎裏を訪れていた。

みなもと共にジャガイモやナスといった秋野菜、スティックセニョールや大根、白菜など寒い時期に向けての野菜の世話をしながら話すのは、やはりここでも文化祭について。

「文化祭、楽しみですよね！　うちの高校かなりの規模らしくて、学外からもたくさんのお客さんが来るって話ですし！」

「月野瀬じゃ文化祭という名の映画上映会だったからな。各種模擬店にステージイベント……あはは、正直どんなのか全然想像つかないや」

「ボクの中学も文化祭とは名ばかりで、大規模な学習発表会にスピーチ、合唱コンクールに展示もの、まぁ地味だったからね、わくわくしているよ！」

手を動かしながら、話に花が咲く。

どうやら都会でも中学と高校では規模が違うらしく、口調にも熱が籠もる。

「私は去年色々あって、文化祭自体参加できなかったから、余計に楽しみです！」

「そうなんだ。って、そういやみなもちゃん、うちの部活から何か出したりする？　漫研とか演劇部とか茶道部みたいな文化系だけじゃなく、野球部とかバスケ部とかでも何か出すみたいだけど」

「うーん、特に何も考えていませんね。以前であれば花で校門や広場を飾り付けしたり、部活で育てたハイビスカスやラベンダー、カモミールとかでハーブティーを作って振舞ったりしていたみたいですけど……」

「うちで作ってるのって野菜ばかりだな。ってか前から気になってたんだけど、俺たちの他に部員っているのか？」

「ここ２年ほど誰もいなかったようで、私たちだけですね。だから４月は大変でしたよ。スギナ、ミント、ドクダミ……」

「あぁ……」「あ、あはは……」

繁殖力旺盛《おうせい》な不倶戴天《ふぐたいてん》の雑草《てき》に怨嗟《えんさ》の声を漏らすみなも。

隼人も光彩を消した瞳《ひとみ》でみなもの苦労を思い、痛ましそうに同意の声を漏らす。

春希はそんな２人を見て口元を引き攣らせた。

「ともかく人手も足りないし、やれることも限られそうだから、園芸部では基本的に何もしないつもりです。来年は何かやりたいですね！」

「そうか。……しかし、よく廃部とかになってないな？」

「んー、うちはその辺の規定は緩いみたい。ただ部費に関してはシビア――って、みなもちゃん⁉」

「――ぁ」「っ⁉」

春希の焦った声が響く。

作業が一段落して腰を上げようとしたみなもが、ふらりと頭から地面に倒れ込む。咄嗟《とっさ》に動いた春希が腕を掴《つか》み、みなもも片手を地面について事なきを得る。

「ふぅ、よかった」

「ナイス、春希！　大丈夫か、みなもさん？　立《た》ち眩《くら》み？」

「あ、ありがとうございます……」

恥ずかしそうにはにかむみなも。

本当に大丈夫なのかと思いまじまじと見てみれば、顔色が少し優れないことに気付く。眉を顰める。春希もそのことに気付いたのか、視線が合えば頷《うなず》きを返す。

「みなもちゃん、もしかして貧血？　ええっと、そういうアレな感じの日？」

「んっ、あー……チョコレート、は持ってないな。飴《あめ》ならあるけど……自販機でココアでも買ってこようか？」

「ふぇっ⁉　い、いえ、そういうのじゃなく！　大丈夫ですよ、ちょっと寝不足なだけで……その、おじいちゃんの退院とか保険の手続きとかそんな初めてのことを調べたりして、

てんやわんやしちゃってて……」

「あぁ、なるほど。うちはそのへん親父が全部やってくれてるからなぁ」

「隼人のおばさんも、もうすぐ退院なんだっけ？」

「そうだよ」

「そちらも早くおうちに戻られるといいですね」

にこりと笑みを浮かべるみなも。

そうこうしているうちに散らばってしまった雑草もまとめ終え、他の作業も完了する。

みなもはテキパキと道具を集め、今度は危なげなく立ち上がると、「後は私が片付けておきますね」と言ってそそくさとこの場を後にする。しかしその背中は少しふらついているようにも見えた。

やはりどこか体調が悪いのかもしれない。顔にも影が差していた。

心配になって後を追いかけようとしたら、ふいに春希が手を掴み、押しとどめた。

「待って」

「……春希？」

予想外の春希の行動を訝《いぶか》しく思い、どうしてと抗議の声を上げかけるも、そのやけに真剣な表情に思わず口を噤《つぐ》む。

「……」

「……」

無言でその場に佇《たたず》むことしばし。

春希はもう片方の手を口元に当て、何か言葉を考えているようだった。

だから隼人は、ジッと春希を見つめながら待つ。

やがて春希は瞳を揺らし、躊躇《ためら》いがちに口を開く。

「ね、隼人。みなもちゃんってさ、おじいちゃんと仲が良いよね？」

「うん？　あぁ、孫バカっていうのか？　随分可愛がられているみたいだし」

「じゃあ……――両親のことは？」

「それは……」

言葉に詰まる。詳しく聞いたことがない。

ただ、つい先日まで祖父のいない家で、実質1人暮らし状態だったということは知っている。何かしら言いにくい事情があるのは明白だ。

みなもはふとした時に、寂しげな顔を見せることがある。それはひどく、既視感のある顔で。だから彼女のことは、どこか他人事《ひとごと》に思えず、放ってはおけないのだ。

だけど、おいそれとは踏み込めない歯痒《はがゆ》さがある。それは春希も同じだろう。

春希は掴んだ隼人の腕をぎゅっと強く握りしめ、そうであって欲しくないという思いを滲《にじ》ませ呟く。

「さっきのみなもちゃんの顔、似てたんだ」

「……似てた？」

「ボクに。正確には、お母さんやおじいちゃんたちに拒絶された時の、ボクに」

「っ！　それって……」

そして「杞憂《きゆう》だといいんだけどね」と言葉を続け、自嘲《じちょう》気味に笑う。

隼人の顔がくしゃりと歪《ゆが》む。

みなもにどういう事情があるかはわからない。

ただ腕を摑んでいる春希が、まるで迷子が大人に縋《すが》りついているように見え――だから
隼人はその手を取ってぎゅっと握りしめ、胸の内を謳《うた》う。

「何かあったらさ、いの一番に駆け付けようぜ。だってみなもさんは――俺たちの友達なんだから」

「隼人……うん、そうだね！」

隼人がそうだろとばかりに強い意志を込めた笑みを向ければ、春希も目をぱちくりさせた後、力強く頷く。

みなものために何かする――そうすることに2人に躊躇いはなかった。

そう、隼人にとって、そして春希にとっても友達は特別なのだから。

隼人と春希は決意表明とばかりに、コツンと握り拳をぶつけ合わせるのだった。

第3話　予期せぬ便り

霧島《きりしま》家のあるマンション、その夕食時。

食卓にはぷりぷりと頬を膨らませる姫子《ひめこ》の姿があった。

「もー、聞いてよ、はるちゃん！　うちの中学の文化祭ってば吹奏楽部の演奏に弁論大会、それから各クラスの展示くらいでさ、模擬店とか喫茶店とかないんだよ⁉　クレープ、たこ焼き、かき氷～っ！」

沙紀《さき》はそんな親友に、困ったような笑みを浮かべる。

姫子は中学の文化祭で食べ物を扱わないことが、随分とご不満らしい。今朝学校で文化祭の説明を受けて以来、ずっとこの調子だ。文句を言いつつパクパクと夕飯のから揚げを頬張り、「おろしポン酢もさっぱりしてていいけど、もう暑くないし甘酢餡《あん》かけとかでいいのに」と言って、更に頬を膨らませている。

しかし隼人《はやと》も春希《はるき》もそんな姫子に慣れたもの、ふぅんと聞き流しながらジト目で言葉を返す。

「姫子、よしんば模擬店を出せるとして、食べるだけじゃなくて作らないといけないし、たこ焼きや焼きそばを作っても味見しちゃだめなんだぞ」

「そうそう、もちろんパフェやクレープを作っても生クリームやフルーツのつまみ食いもしちゃだめだしね」

「うぐ……っ」

「……ぷふっ！」

隼人と春希の息の合ったツッコミに思わず吹き出せば、姫子は「沙紀ちゃんまで⁉」と顔を赤くして涙目になる。苦笑しつつ「姫ちゃん、ごめんごめん」と宥《なだ》めながらから揚げを1つ分けてあげると、たちまちパァッと顔を輝かせる。相変わらず姫子はチョロかった。親友ながら将来が心配になるほどに。

そして沙紀はあははと苦笑しながら、呆《あき》れたようにため息を吐いている隼人たちに向き直る。

「そういえば、お兄さんや春希さんたちの高校の文化祭ってかなり大きいって聞きましたよ。うちのクラスでも噂になってました」

「らしいな。外部にも開放されているからお客さんもたくさん来るし、ミスコンとかも生徒じゃなくても参加できるから、ステージイベントは相当盛り上がるとか」

「模擬店とかでも人気投票があるから、皆色々と工夫するみたいだしね。特に部活とかだと人気次第で部費にボーナスあるらしいから、必死になるみたいだよ」

へぇ、と感嘆の声を上げる沙紀。とはいうものの、具体的にどれほどのものか想像できないのだが。しかしそんな想像できないことも、都会に来て以来楽しいものだと思う。

するとその時、隼人と春希の話を聞いた姫子が、「あ！」と何かに気付いたように声を上げた。

「外部に開放ってことは、あたしたちもおにぃやはるちゃんの文化祭に行けるの⁉」

「もちろんだよ、ひめちゃん。志望校にしている中学生が見物がてら来るのとか、珍しくないしね」

「わ、行く、絶対行く！　そういやはるちゃんやおにぃたちって、文化祭で何やるの？」

「まだ全然、何も決まってない。話し合ってる最中だな」

「海童《かいどう》のところは女装キャバクラなんてイロモノやるみたいだけど」

「え、何それ⁉」

一輝《かずき》の出し物に好奇心をかきたてられ、キラキラと瞳を輝かせる姫子。ブッブツと「そもそも一輝さん、ＭＯＭＯの弟だし」「肩幅はショールとかで誤魔化せるし」「高身長はむしろスタイルの良さでプラスになるんじゃ⁉」と、真剣な顔で考察し始める。

やがて姫子はジッと隼人の顔を見つめだし、やけに真剣な声色で一言。

「ねぇ、おにぃ。ちょっと――」

「やらんぞ！」

姫子からただならぬ空気を感じ取り、秒で断りを入れる隼人。

「まだ何も言ってないのに！　おにぃのケチ！」

「ぜってー似合わないの、わかってっから！」

「そんなのやってみないとわかんないじゃん！」

「やらなくてもわかってるから、やりたくないって言ってんの！」

そんな風に声を張り上げる霧島兄妹《きょうだい》。沙紀と春希は顔を見合わせ、この微笑ましいともいえるやり取りに笑みを零す。

しかし沙紀はふと考える。

姫子はスラリとした、都会においても目を見張るような可愛らしい女の子だ。

そして隼人はその姫子と血が繋《つな》がった実兄だけあり、顔立ちや雰囲気がどこか似通っている。実際、都会に来てから髪や身だしなみを整えたよそ行きの姿を何度か見たことがあるが、ふいにそれらを思い出してはドキリとすることも。

だから隼人が女の子の格好をした時のことを想像してみて――やけに胸がドキドキしてしまうことに気付く。もし女の子になった隼人に迫られたりしたら……そんな想像をすれば、カッと一気に身体が熱くなってしまい、両手を赤くなった頬に添えてイヤイヤともどかしそうに身体をくねらせる。

（わ、私、いけない子になっちゃう……っ！）

沙紀が倒錯的な妄想に溺《おぼ》れていると、ふいに目の前の春希が悟りを開いたような声色でポツリと呟《つぶや》いた。

「……隼人のそれ、案外ありかも」

その言葉を耳にした沙紀はくわっと瞠目《どうもく》し、前のめりになって春希の手を摑《つか》み心からの賛同を示す。

「ですよね！」

「春希だけじゃなく沙紀さんまで⁉」

霧島家の食卓に、隼人の悲痛な叫び声が響くのだった。


早足で沈む太陽を追いかけるように夜の帳が下り、辺りはすっかり暗くなっていた。

街灯に照らされる色付いた木の葉たちは、時折沙紀の心を鏡に映したかのようにざわざわと楽しそうに唄《うた》う。

霧島家からの帰り道、沙紀は足取りも軽く春希と共に歩く。

その胸の内を占めるのは、もちろん隼人と春希の高校の文化祭について。

姫子ではないが、中学の文化祭の内容を聞いた時の第一印象は、案外地味、だった。少しばかり肩透かしを食らったというのが正直なところだ。引っ越してきて以来、漫画やドラマの中の賑《にぎ》やかで刺激的な光景をよく目にしてきたから、なおさら。

しかし隼人と春希が夕食の席で語ってくれた高校の文化祭は違った。今まで憧《あこが》れ夢見てきた物語そのままの世界がそこにあった。

もしそこを訪れたならと想像すれば、胸が躍るのも無理はない。

「文化祭かぁ、楽しみですね」

「っ！　え、うん。そう、だね」

その気持ちを分かち合おうと隣の春希に話しかけるも、春希は上の空というか、気の抜けた声が返ってくる。何か考え込んでいるようだった。

「春希さん？」

霧島家を出る直前までそのことで盛り上がっていただけに、どうしたのだろうと思って小首を傾げると、春希は「うーん」と唸《うな》りながら眉根《まゆね》を寄せて、遠慮がちに口を開く。

「やっぱりひめちゃんってさ、男の子にモテる……よね？」

「…………へ？」

そして紡がれた言葉に足を止め、目をぱちくりさせる。

姫子が男子にモテる。そんなこと、考えたこともなかった。

学校での姿を思い起こしてみるも、そういった浮いた話も聞かず、穂乃香《ほのか》をはじめとした女子たちに弄られてばかり。

漫画やドラマといったものでの恋愛話は好きなものの、姫子本人はそういったことにはまだ、興味が向いていない。普段の言動を見ていれば、沙紀だけでなく春希もわかっているはず。

いきなりの質問の意図を測りかね、まじまじとその目を見つめていると、やがて春希は顔を前に向け歩みを再開し、とつとつと話しだす。

「ほら、文化祭って他校の人が出会いを求めてやってくることも多いわけで。ひめちゃんって可愛いし明るいしそれにちょっとした隙があるから、そういう人たちに狙われたらって思うと心配になっちゃってさ」

「あー……ちょっと話して仲良くなった人がお好み焼きとかチョコバナナって囁《ささや》くと、ほいほい付いていっちゃいそう……」

「でしょ？」

「ふふっ、ですね」

その姿が容易に想像でき、お互い困ったように、呆れたように顔を見合わせて笑い合う。

なるほど、春希の心配ももっともだ。

しかしその一方で、沙紀には確信していることがあった。

「でも、姫ちゃんなら大丈夫ですよ」

「……え？」

今度は春希が目をぱちくりさせた。

沙紀はその顔を見ながら、親友《姫子》について思いを巡らす。

確かに姫子は初対面だと人見知りするし、忘れ物やポカも多いし、興味を惹《ひ》かれたものへフラフラ引き寄せられたりなど、マイペースなところがある。

「姫ちゃんって思った以上に芯《しん》が強い子ですよ。それに悪意はしっかり看破して、屈しないし」

「……ひめちゃんが？」

「ええ、そうです。聞いた話ですけど姫ちゃんって目立つから、今まですれ違いざまにボソッと『調子乗ってる』とか悪口言われたり、田舎者やっちゃった時のことをモノマネされたり、変なあだ名をつけられそうになったりしたらしいですけど、それら全て撥《は》ねのけちゃってるのだとか」

「そう、なんだ……」

姫子という少女の心根は強い。嫌なことにはきっちり嫌と言える。

それにかつて母親が倒れ失意のどん底にあった時だって、結局は自ら立ち上がったではないか。

いつだってそうやって我が道を行く変わらない親友の姿を見てきたからこそ、沙紀は都会へ足を踏み出そうと決心したし、今だって勇気付けられることも多い。

だから沙紀は春希に大丈夫ですよという思いを込めて、力強い笑みを浮かべ頷《うなず》いた。

春希とマンションの入り口で別れ、自分の家へ入って灯りを点けた。「ただいま」と呟いた声が誰もいない部屋に虚しく響けば、1人だということを嫌でも意識させられる。

引っ越してきて1ヶ月以上経つが、まだまだこの瞬間は慣れそうにない。じくりと胸に寂しさが滲《にじ》む。

「……ぁ」

するとその時、狙いすましたかのようにスマホが通知を告げる。

反射的に画面を覗《のぞ》けば、父親からだった。

『こんなに大きくなりました』

そんなメッセージと共に添付されているのは、お気に入りの段ボールいっぱいに収まり、お腹を見せて幸せそうに寝ている仔猫《つくし》の写真。その隣にはまだ小さく余裕があった頃のものも添えられている。

村尾《むらお》家にやってきて2ヶ月近く。つくしも随分大きくなった。

とはいえ、まだまだ仔猫。最近は離乳食の割合も増えているらしく、これからどんどん大きくなっていくことだろう。

沙紀はくすりと口元を緩ませ、この写真をグルチャに『本日のつくしです』と書いて投稿し、制服を着替えるついでにシャワーへと向かった。

引っ越してきて以来お風呂《ふろ》の準備が億劫《おっくう》で、シャワーで済ませることが多いが、秋も深まってきた昨今は湯船が恋しい。いつもより熱めのシャワーを浴び終え、手早く浴衣《ゆかた》に着替えて机の上に置いたスマホを見てみれば、通知が表示されていた。

「…………え？」

つくしの写真への反応かなと思い手に取れば、意外な相手からのメッセージに、にへらと緩んでいた顔がぴしゃりと固まる。

佐藤愛梨《さとうあいり》。

今をときめくモデルにして、彼女の正体を知らずに連絡先を交換した、綺麗《きれい》な人。

彼女と出会ったのは、ほんの偶然だった。知り合いと呼ぶのも烏滸《おこ》がましい。そもそも住む世界が違うのだ。

だというのに、一体何が？

どうして私に？

思考がぐるぐると空回りし、動揺から心臓がドキドキと痛いくらいに早鐘を打つ。少しばかり震える手で恐る恐る画面を開く。

『あの、文化祭のことで聞きたいというか、相談したいことがあります。お時間よろしいでしょうか？』

ふいにゾクリと、背筋に氷柱《つらら》を刺し込まれたかのように冷たさを覚えた。

そして先ほどの春希との会話を思い返す。

――出会いを求めてやってくる人も多い。

そして彼女の、好きな人がいるという言葉が脳裏を過り、軽く頭《かぶり》を振る。佐藤愛梨にそのことは当てはまらない、はず。しかし愛梨が公私共に仲の良いＭＯＭＯの弟が一輝であり、彼女は隼人とも知り合いのようでもあった。

まさか、とは思う。そもそも口ぶりから、彼女の想いは年季が入っていたし、必死になって否定する。

画面を眺めたまま、何か返事をしようとするも、指先はふらふらと彷徨《さまよ》うのみ。

ぐちゃぐちゃになった頭の中に、先ほど春希が言った『ひめちゃんってさ、男の子にモテる……よね？』という言葉がこだまする。

隼人はモテるのだろうか？

……わからない。そんなこと考えたことない。

しかし都会では積極的にいく女の子も珍しくないという。

女の子に迫られる隼人を想像すれば、どんどん胸のモヤモヤが肥大していく。

だから沙紀は、その懸念を払拭《ふっしょく》したい一心で、愛梨の電話番号をタップした。

『――ぁ』

「あの、もしもし――」

第4話　なりたい自分

文化祭の足音が近付いてきた校内は、どこもかしこもそわそわとした落ち着かない非日常の空気に包まれている。教室のそこかしこでは休み時間の度に何をするのか、したいのかという、熱気を帯びた議論が響く。

一輝《かずき》の教室では他と比べ一足早く出し物が決まったこともあり、一部の女子が中心となって大きな声を上げながら、詳細についてのアイデアを出し合っている。

「……」

わいわいと騒がしい教室の中、一輝は彼らの邪魔にならないよう教室の隅の方で、真剣な面持ちでスマホを眺めていた。画面に映っているのは、モバイル版ティーンズ向けのファッション雑誌。

様々なタイプのモデルが華やかに誌面を飾り、流行《はや》りの服や雑貨、制服コーデや初心者向けのメイク特集、他にも芸能界情報や女子向け楽曲など、記事の内容は多岐にわたる。

そんな中にふと姉の姿を見つけ、苦笑を零す。こういった仕事に関わっているのは知っていたが、こうしてまじまじと見るのは初めてだ。少々気恥ずかしさがある。

しかし家でのぐーたらな姿の印象が強いがこれは中々どうして、堂に入っていた。姉の姿や記事の物珍しさもあって、次々と読み進めていく。

世の中の同世代の女子たちも、これらのことに興味を持っているのだろうか――そう考えた時、ふいに姫子《ひめこ》の顔が脳裏を過った。

最近の流行りものを追いかける彼女も、こうしたものを読んでいるのだろうか？　そう思うと関心も高くなる。きっと学校で友達と記事の内容で盛り上がったりするのだろう。

快活な姫子のことだ。興味を引いた特集の話題などを積極的に口にしては、どこかズレた発言から弄られたりして、グループの中心にいるに違いない。そんな姿を想像して口元を綻ばせると共に、ズキリと胸をざわめかせた。

彼女を弄るクラスメイトの中に男子はいるのだろうか？　想いを寄せたり、アプローチを掛けたりするような相手は？

姫子はモデルの姉を持つ一輝の目から見ても、愛嬌《あいきょう》のある好ましい女の子だ。モテてもおかしくはない。クラスでの姫子は一体どんな感じなのだろう？

……最近、そんなことばかりが気に掛かる。

自分の胸の中に燻《くすぶ》っていた感情を自覚して以来、こうしたちょっとしたことでも彼女と関連付けて思い巡らせては、自分の知らない場所でのことを想像して心を乱す。

確認したくとも、1つの歳の差が大きな壁となって立ちはだかっている。

隼人《はやと》との会話でも姫子の名前が飛び出せばついつい反応してしまうし、スマホの通知がある度にまさかと思いつつ期待に胸を高鳴らせる。いくら平常心を心掛けようと自分を律してみても、まるで上手くいかない。いつか暴発してしまわないかと心配になるほどだ。

だけどそんな自分も悪くないとさえ思ってしまい、相当やられているなと苦笑を零す。

「海童《かいどう》？」

その時、とあるクラスメイトの女子が興味深そうに一輝の顔を覗き込んできた。

「っ！　桐野《きりの》さん……？」

「いやぁ、さっきからスマホを眺めて百面相してるからさ、一体何かなぁって思って」

「あぁ……」

そう言って桐野は人懐っこそうな笑みを浮かべる。ふわふわしたボブの髪がよく似合う陽気な感じの彼女は、一輝もよく言葉を交わすクラスの中心人物の1人であり、オタク趣味にも造詣《ぞうけい》が深く、文化祭での女装キャバクラの発案者の1人でもあった。

一輝は先ほどの考えが顔に出ていたのかと少し気恥ずかしそうに眉根《まゆね》を寄せるも、スマホで見ていたものは隠すようなものでもない。少し迷いを見せた後、画面を彼女の方へと向けた。

「あ、これって今月の」

「文化祭でどういった格好すればいいのかって調べてててね。それで色々想像してみてたのだけど、僕はほら、身長も高いし肩幅もあるから、あまり似合わないのかなぁって」

「あはは、なるほどねー」

一輝が困った風に言葉を零せば、桐野はけらけらと笑い、片手を振りながら同意を示す。

そしてひとしきり笑った後、顎《あご》に人差し指を当て、「ふぅん」と言いながら教室を見回し、ジッと一輝の顔を見つめる。

「てか海童はネタに走らず、ガチでやるんだ？」

「せっかくだからね」

桐野は少し意外そうな声を出す。

そもそも顔立ちや体格的に、女装が似合う男子なんてほとんどいない。

確かに女子たちから熱烈なアプローチを受けている者もいるが、ごく一部。

残りのほとんどの男子のキャストは、笑いを取るような方向で動いている。

特に、がっしりとした体格の運動部員はその傾向が顕著だ。

だから、桐野の驚きは当然と言えた。

「似合わない、かな？」

やはり自分には無理があるのだろうか？　一輝が弱気を滲ませ、それが顔と言葉に出てしまうと、桐野は違うと言うように慌てて目の前で両手を振る。

「や、そんなことないと思うよ！　海童は身体とか引き締まってるし、肩幅とか喉仏《のどぼとけ》なんて服やウィッグでどうとでもなるし、それに女でも男顔って化粧映えして凛《りん》とした美人の要素になってるしさ！」

「え、そうなんだ？」

「うんうん、芸能人でも男顔の美人とかいるよー。例えば……ＭＯＭＯとか」

「っ！　へ、へぇ……」

いきなり姉を例に挙げられドキリとしつつも、桐野の説明に関心を寄せる。

やはり百花《ももか》に色々教えてもらうのもありかと思い、頭の中でどう姉に話を持ち掛けるか算段していると、またも桐野は一輝の顔を窺《うかが》い、少し驚き交じりの声で呟《つぶや》く。

「しっかし、意外だねー」

「え、何が？」

「海童が」

「僕が？」

「うん、こう言っちゃなんだけどさ、女装キャバクラなんて色物でしょ？」

「あはは、確かに。でも、だからこそ本気でやってみるのもいいかなって思って」

「へぇ。けどさ、海童がガチで美人になったら、他の皆の意識が変わるかもね」

「どうだろ？　でもそうなったら面白いことになりそうでしょ？」

「そうそう……だからこそ、意外なんだよね」

「……え？」

　桐野の言い分がよくわからなかった。

　一輝が首を傾げていると、桐野は何かを探るかのように目を見つめ、そしてうんと頷《うなず》き確認するように問う。

「うーん、夏前までの海童ならさ、きっとこういう行事って絶対上手に流してた、、と思うんだよねー」

「それ、は……」

　桐野の瞳《ひとみ》は確信に満ちており、まるで一輝の胸の内を見透かしているかのよう。

　ドキリと胸が跳ねる。図星だった。

「隙ができたというかさ、周りに作られてた壁を感じなくなって、話しかけやすくなった。文化祭の出し物を決める時も、海童が面白そうだねって言ってくれたからこそ、こんな色物企画に決まったしさー」

「…………っ」

　桐野は動揺で目が泳いでしまった一輝を見て、ニヤリと笑う。

「私は前の海童より、今の海童の方がいいと思うよ」

　そう言って桐野は一輝の肩をポンと叩《たた》き、くるりと身を翻して先ほどまで話していたグループへと戻っていく。

唖然《あぜん》とすることしばし。やがて揶揄《からか》われたということに気付いた一輝は、しかし案外それも悪くないなと思って苦笑を零す。

外から見て、そんなに自分は変わったのだろうか？

わからない。

だけど今までだったら、こうしてクラスメイトに気安く揶揄われることもなかっただろう。そういう風に意図して動いていたのだから。

もし、いつのまにか変わっていたとしたら、それはきっと新しくできた友人《隼人》たちや、その妹のおかげだ。

ふとこんな時、姫子ならどうするだろうと考えてしまった。

彼女ならきっと……一輝は脳裏に思い浮かべた姫子にくすりと笑みを浮かべ、熱心に誰それにはどういう格好が似合うなどと話している女子グループへと向かい、声を掛ける。

「ねぇ、ちょっと化粧のことで相談いいかな？　一から色々と教えて欲しいんだ」

「「「……っ!?」」」

一輝に話しかけられた彼女たちは、一瞬唖然として会話をやめてしまう。

そして言葉の意味を理解すると共に顔を見合わせ、興奮気味に話し出す。

「え……海童くん？」「それってガチでやるってこと!?」「うん、それあり！　ありありありのあり！」「是非喜んで、っていうか私あんまり詳しくないけど！」「ちょっと詳しい子に声掛けてみる！」

彼女たちに少し気圧されながらも文化祭を盛り上げるため、一輝は輪の中へと飛び込んでいくのだった。

◇◇◇

昼休み。

チャイムが鳴った途端、隼人たちのクラスも一気にざわめき出す。

それと同時に隼人と春希《はるき》はクラスメイトたちに素早く机を寄せられ、逃がさないとばかりに囲まれる。ここのところ連日、おきまりの光景だった。

議題は当然、このクラスの文化祭の出し物を何にするかについてなのだが、弁当を広げつつ、それぞれ好き勝手に話しはじめる。

「3組、女装キャバクラするんだって！　この時点でパワーワードすぎない⁉」

「しかもあそこ、海童くんがガチで攻めてるって話で、部活の先輩が興奮しててさ！」

「部活の先輩といえば、今年こそサキュバスカフェするんだーって意気込んでる人いたけど、女子から顰蹙《ひんしゅく》買ったたって愚痴ってたよ」

「そういや2年のあるクラスはグラウンドに竪穴式住居《たてあなしき》作って、縄文時代の食べ物を再現して出すとか」

「え、なにそれ超気になるんだけど!?」

「どこもインパクト強いのばかり考えるよね……それらに対抗するにはやっぱうちの秘密兵器、二階堂《にかいどう》さんをどう使うかだよねー」

「できるなら衣装とかもこだわりたいし、今のところ森《もり》くんのハロウィン喫茶の案が有力候補だけど……もうちょっと尖《とが》ったコンセプトが欲しいかなぁ」

「どうせなら歌もなるべく出したいよねぇ」

話を聞くに、他のクラスでもそろそろ企画が決まりつつあるようだった。それらの情報を基に、議論は日を追うごとに白熱していく。

やはり、春希に掛かる皆の期待は大きい。

当然だろう。1年の中でも目立つ存在なのだから、看板に使わない手はない。

ちらりと隣の春希と目が合えば、眉を顰《ひそ》めて愛想笑い。あまり表に出る気がない春希だが、もはや断れるような状況ではなかった。

周囲が盛り上がっている中、こっそりと耳打ちしてくる。

「これ、もしボクが実行委員の方で忙しいって言っても……」

「ほんの僅《わず》かな時間であろうと、最大限活用すべくクラスの方で調整するだろうよ」

「だよねー……」

春希は「はぁ」と大きなため息を吐く。

文化祭は外からも多くの客がやってくるだろう。結局どんな出し物をするにせよ、春希が注目を集めるのは避けられず、最悪先日の動画のようなことが起こるかもしれない。それは避けたいところだ。

熱心に話し合うクラスメイトたちを眺める。きっと彼らが納得する理由をちゃんと説明すれば、こちらの願いを聞き入れてくれることだろう。

しかし隼人も春希も、春希の母《田倉真央》のことを避けて説明する言葉を持っていない。

（…………ふむ）

ならばいっそ、こっちでその辺をコントロールできるよう、主導権を握った方がいいのではないだろうか？　そう考えた隼人は、試しに春希に話を振ってみた。

「なぁ春希、歌の絡むコンセプトカフェ的なものをするとして、やるとしたらどんなものをやりたい？　着てみたい衣装とかだけでなく、魔法学校ものとか、ファンタジーでよくある冒険者ギルドを模したものとか、そんな世界観的なことでもいいけどさ」

「うーん、そういや考えたこともなかったなぁ。そうだね……」

そう言って春希は腕を組みつつ片手を顎に当て、「うーん」と唸《うな》りながら眉根を寄せ、真剣に考える。すぐには答えが出ないようだった。

「まー、好きなゲームのキャラとかでもいいし」

何かのとっかかりになればな、と言葉を続け、隼人が弁当のオムレツに弁当用のミニケチャップを掛けたのを見た春希が、ふいにくわっと目を大きく見開いた。

「吸血姫ブリギットたんを称えたい」

「え？　きゅう、けつき……？」

そして握り拳を作って、力説する。

「そう、今ボクがやってるゲームの中で一番の推しキャラでね！　周囲からは冷徹で容赦のない絶対者の真祖の1人と恐れられてるんだけど、本当は戦いが苦手でぬいぐるみ集めとお菓子作りが趣味。だけど自国を守るため無理矢理自分を偽って先陣を切ってるお姫様なの！」

「そういやスマホのゲーム広告で見たことあるかも。赤いドレスに金髪の子だっけ？」

「そう、それ！　いやーゲームの演出も凝っててさ、『塵《ちり》も残さずこの世から消し去ってくれる』って冷たい声色でバンバン攻撃する一方で、味方がやられた時だけ『いやぁっ！』とか『私のために倒れないで！』って懇願するかのような声が、ほんっとツボ！」

「へ、へぇ」

「それだけじゃないよ！　古の呪歌でバフを掛けてくれるんだけど、実際その部分を声優さんが唄《うた》ってるんだよね！　歌詞もさりげなく仲間への信頼とか心を寄せていることとか、健気さや必死さというのがよくわかってさ、テンションも上がる上がる！　そんな些細《ささい》なところから家臣もブリたんの優しさとかに気付いてるし、支えたいって気持ちになっちゃうね！　呪歌のシングルが出た時は5枚お布施したし、今度1枚持ってくる！」

「わ、わかった、うん。ぶりじ……」

「ブリギットたん！」

「うん、そのブリギットたんが魅力的なキャラだっていうのはよくわかったから、ちょっと落ち着こう？　な？」

「ボクは十分冷静だよ！」

一度何かのスイッチが入ってしまった春希は、完全に早口で推しを語るオタクのそれだった。それは別に珍しいことではないし、霧島《きりしま》家や秘密基地ならばいつもはいはいと流すところだが、ここは教室である。

一体何事かと周囲の視線が集まるのを感じた隼人は窘めようとするものの、一度火が点いてしまった春希は止まらない。

「そう、ブリたんは天涯孤独といった設定やギャップのある性格など、推せるポイントは盛りだくさんなんだけど、何より強く推したいところはブリたんのストーリーのラストで判明する——実は男の子だった、ってところ……っ！　あれは衝撃で脳が爆発しちゃったね！　もう元に戻らなくなっちゃったよ！」

「わかる……っ！　オレもそれを知った時、すんげぇショックだったんだけど、やけに胸がドキドキして止まらなくなっちゃってさ！」

「あーしも！　実は女の子の格好するのがあまり好きじゃない、って言いつつ可愛いドレスを送られガチで喜んでるシーンで弟がドン引きするくらい鼻の穴大きくしちゃって！」

「拙者、同性愛者ではござらぬが、ブリギットきゅんなら余裕でいけるし、むしろ抱かれたいでござる……っ！」

「薄い本、薄い本はまだかーっ！」

春希の熱に煽《あお》られた他のクラスメイトたちも一斉に立ち上がり、我こそはと咆哮《ほうこう》を上げる。そして「お迎えするのにバイト代20時間分吹き飛んだ」「妹に土下座して金を借りた」「課金でなく、お布施」「下僕としての義務」といった不穏な会話が飛び交う。正直ちょっとドン引きだった。

しかしそれだけ人気のあるキャラということもよくわかった。隼人だけでなく、他のゲームをやってないクラスメイトも引き攣った笑みを浮かべつつ、顔を見合わせ頷き合う。

そして彼らを代表して、恵麻《えま》が確認するかのように問いかける。

「じゃ、じゃあその吸血姫カフェってことでいいかな？　その、春希ちゃんが吸血鬼のお姫様になって、お客はその国民として称えにやってくるって感じの」

「任せて！　心におちん○ん生やして最高のブリたんを演じてみせるから！　『よく来た、

眷属《けんぞく》よ…………その、ありがと。べ、別に嬉《うれ》しがってるわけじゃないんだからね！』」

「「「うおおぉおおぉおおぉおんっ!!!」」」

そして春希の声と共に眷属《一部のクラスメイト》たちが歓喜の雄叫びを上げる。

隼人は何やってんだとばかりに、痛むこめかみを押さえるのだった。


「みゃあぁあぁあぁ〜〜っ」

放課後、ざわつく廊下に春希の鳴き声が響く。隣を歩く隼人はそんな幼馴染《おさななじみ》に切ない生き物を見るかのような目を向けては、呆《あき》れたようにため息を漏らす。

「……春希のおかげで無事クラスの出し物が決まって、よかったな？」

「そうだけど、そうだけどぉ〜〜〜〜」

「ま、さすがに最後のセリフはアレだったけど」

「うぐっ……」

春希は言葉を詰まらせ、涙目になる。

昼休み、妙なスイッチが入った春希が羽目を外したおかげで、速やかにクラスの出し物が決まった。春希本人は普段周囲に見せないアレな姿を晒《さら》してしまったことを思い返しては、鳴き声を上げ悶《もだ》えることを繰り返す。完全に自業自得である。

隼人にとって春希のアレは珍しいものではない。

最近恵麻やみなもの前でも見せていたし、教室でもちらほらとその片鱗《へんりん》を見せていたもののの、やはりクラスの多くの人にとっては驚くものだったのだろう。

なんとも奇異な視線を向けられたものの、しかし好意的に受け入れられていた、と思う。

（……ったく）

眉根《まゆね》を寄せ、ガリガリと頭を掻《か》く。素の春希が受け入れられることはとてもいいことのはずなのに、どうしてか胸がモヤモヤしてしまう。子供じみた独占欲からきているという自覚もあって、それを誤魔化すために無理矢理別の話題を振った。

「ほら、文実に頼まれた仕事、さっさと終わらせようぜ。備品のチェックだっけ？」

「うん。テントや照明、発電機といった、当日校外で使うものの数とか状態が問題ないかどうかだね。場所は……えぇっと旧校舎、秘密基地の近く」

「あぁ、あそこ。……ちゃんと用事があって行くの、なんか新鮮だな」

「ふふっ、そうだね」

春希は一転わくわくした笑みを浮かべ、気を取り直して目的地へと向かう。

文化祭の近付いてきた放課後はどこか浮き立ち、そわそわとした熱気に包まれていた。

校内のあちらこちらで、準備に忙しそうにしている人たちと行き交う。廊下では早速何かを作る人たちも。

今頃隼人たちの教室でも、吸血姫カフェについての話し合いが行われていることだろう。

あくまでゲームをベースにしつつ、文化祭にふさわしい独自のものに仕上げるのだとか。一部の男子や女子たちがそう息巻いていた。

やがて旧校舎が近付いてきた。

普段なら人気がないところだが、ここに保管されている資材を取りに来る生徒の姿が散見される。その中の1つのグループに、見知った顔を見かけた。一輝だ。

「あ、一――」

手を上げて声を掛けようとするが、途中で手を止め言葉を呑《の》み込む。

一輝の他には男子が1人、女子が3人。クラスメイトたちと談笑しながら歩くのは、ありふれた光景だろう。その中で一輝はとても自然体だった。周囲に心を開き、積極的に関わろうとしている証拠だろう。

あぁ、一輝は完全に過去を吹っ切れたのだ。そのことを実感する。

そう思うと嬉しい気持ちと同時に少しばかり寂しい気持ちも湧き起こり、なんだかそれが滑稽《こっけい》で、誤魔化すように上げかけた手でがりがりと頭を掻く。

するとその時、一輝がこちらに気付く。一輝は「やぁ」と手を軽く上げながら、クラスメイトたちに一言断りを入れ、こちらにやってきた。

「隼人くんに二階堂さん、こんなところで奇遇だね」

「あぁ、春希の実行委員の手伝いでな。備品チェック」

隼人の隣で春希が、少し憮然《ぶぜん》とした顔でうんと頷《うなず》く。

「へぇ、お疲れ様だね。僕たちは内装で使えるものがないかなって。っと、皆を待たせてるから、もう行くね」

「おぅ」

そう言って一輝は身を翻す。すると春希は反射的に「海童」とその背中に声をかけた。

「うん？　なんだい、二階堂さん？」

「海童は……」

「っと、僕が何か……？」

「…………なんでもない」

「そっか」

一輝は苦笑しつつ、戻っていく。

「……俺たちも行こうか」

「……そうだね」

春希の表情からは、何を言おうとしていたのかはよくわからなかった。

そして時は流れ週末の朝。

文化祭が近付いているとはいえ、休日はいつもとさほど変わらない。

最後の洗濯物を干し終えた隼人は、ふいに吹き付けてきた風にぶるりと身を震わせる。随分と秋の深まりを感じさせる、冷たい風だ。外へと視線を移す。すると眼下にまばらに見える木々は、その葉をすっかり秋の色へと変えていた。

「ついこの間まで暑かったのになぁ」

最近は食器を洗うと、手がかじかむ時がある。

ぼんやりしていると、すぐに冬がやってきそうだ。そんなことを思いながらリビングに戻ると、姫子がいた。しかもパジャマじゃなく、どこかへ出掛ける格好だ。

今日は特にどこかへ行く予定は聞いていない。はて、と首を傾げる。

「姫子、どこか出掛けるのか？」

「うん。さっき沙紀《さき》ちゃんから連絡があってさ、遊ぼうって」

「お昼は？」

「ん、いらない。適当になんとかする」

「そっか」

そう言って姫子はパタパタと家を出る。

どうやら沙紀も、ずいぶん都会に馴染《なじ》んできた様子だ。

１人になった隼人はソファーに腰掛けテレビを点け、適当にいくつかチャンネルを切り替える。すると料理のコーナーをやっていたので、そこで止めた。

「ふうん、大皿に豚肉とナスを重ねてレンジに入れるだけの時短料理か……ごま油かけると風味がよさそうだな。ネギとかゴマを散らしてもいいだろうし。うん今度忙しい時にでもやってみるか」

わざわざ独り言を漏らし、味を想像しながら副菜に何が合うのか考えていると、やがて料理コーナーも終わる。そしてデパートの化粧品特集が始まり、あまり興味もないので電源を切り、ポスンと身体を投げ出すようにしてソファーにもたれ掛かった。

目だけ動かし、部屋を眺める。洗濯機を回している間に掃除を済ませたので部屋はピカピカだ。ゴミの分別もし終えているし、他にやるべき家事も思い浮かばない。出ていた課題だって、昨夜のうちに済ませている。完全に手持《て》ち無沙汰《ぶさた》になってしまっていた。

「……暇だな」

思わずそんな言葉と共に、はぁとため息を漏らす。

春希も今日は、クラスの女子たちと文化祭の衣装の打ち合わせで出掛けるらしい。昨日の夕食時、いかにブリギットたんの萌《も》えポイントを再現するにはと熱弁を振るっていたのを覚えている。

ひじ掛けを枕にしてごろりと寝転ぶと同時に、スマホがグルチャの着信を告げた。伊織《いおり》からだ。

『暇！』

伊織らしいストレートな物言いに、思わずクスリと笑い、返事を打ち込んでいく。

『そういや伊佐美《いさみ》さんも、文化祭の衣装の打ち合わせだっけ？』

『そそ。皆こういうの作るの初めての人ばかりだからさ、まずはコスプレ衣装のショップで実物を見て完成品のイメージを固めて、それから手芸専門店で生地の値段とか見て予算と相談しなきゃって言いながら、朝から出掛けていったよ』

『わ、ずいぶんと現実的だ。しっかりしてるな、伊佐美さん』

『恵麻のやつ、まとめ役みたいなのするの、好きだからな』

『へぇ』

その一方で隼人は推し愛を語ってばかりの幼馴染を思い返し、今日は恵麻たちに苦労をかけてそうだと苦笑を零す。

『ってわけで暇なのだ。今日はバイトもないし』

『俺も家事全部終わらせて手持ち無沙汰だな』

『お？　じゃあどっか繰り出そうぜ。どこか行きたいところとかある？』

『うーん、そうだな……』

問われて色々と思い巡らせてみる。都会にやってきて以来、色んなことを経験した。

カラオケ、映画、買い物、プールに焼肉食べ放題。どれも田舎では経験できないようなことばかりだ。しかしそれでもまだまだごく一部だろう。それだけ都会は広い。

様々なことに思いを巡らすも、特にピンとくるものがなく、眉間《みけん》に皺《しわ》を寄せる。

するとふと、伸びた前髪が目に入った。さっ、と一房摑《つか》む。

『美容院』

反射的に打ち込むも、これはないなとバツの悪い顔を作る。興味もあるし、いい加減髪を切りに行かなければと思ってはいるが、さすがにわざわざ友人を誘っていくようなところではない。『悪ぃ、やっぱな』まで打ち込んだところで、一輝からのメッセージが届く。

『お、いいね。今日は隼人くんを変身させる日にしようか』

『ほほー?』

「へ?」

思わずリビングに間の抜けた声を響かせる。

『ほら隼人くん、以前美容院紹介してくれって言ってたじゃない』

『いや、確かに言ったけどさ』

『なぁ、もしかしてそこって一輝の姉ちゃんも贔屓《ひいき》にしてるって店?』

『そうだよ。僕もよく利用しているね』

『それは興味があるな、オレもやってもらいたい』

『しかしいきなり行って大丈夫なのか? 予約とかそういうのあるんじゃ?』

『ちょっと聞いてみるね』

一輝が問い合わせている間、伊織が『どんな感じの店だろう？』『恵麻、驚くかな？』とわくわくしている一方、隼人は思わぬ話の流れにそわそわしていた。

やがて落ち着かせようとお茶を淹れ終えた頃、一輝からの返事がくる。

『一応、予約取れたよ。だけど急だったし、今からすぐ行かないといけないかな？』

『お？　じゃあ待ち合わせ場所は』

『ええっと、アドレス貼るよ』

『オッケー、すぐに準備して出る』

こうしてどういうわけか、友人たちと美容院へ行くことになった。

グルチャで集合場所に指定された駅は、普段よく使う都心部の駅とは違うところだった。

隼人でさえ耳にしたことのある、オシャレで高級というイメージの強い街だ。

改札の場所に戸惑いつつも、何とか一輝や伊織と合流する。

「少し急ごう」

「あぁ」

「おぅ」

急ぎ足気味で大通りを歩く。

レンガ造りが特徴的などこか異国情緒あふれる街並みには、アパレルや高級アクセサリーを扱う店が多く集まっており、近くのカフェからは珈琲豆《コーヒー》を焙煎《ばいせん》する香ばしい香りが漂う。街を行き交う人たちの格好も洗練されており、年齢層も幾分か高く感じる。

翻って今日の自分を見れば、場違い感を否めない。まだそれなりに早い時間ということもあり、人の目が少ないのが幸いか。

やがて大通りから1つ角を曲がり、オシャレなビルの谷間へ入る。目的の美容院は、とあるビルの3階にあった。小粋で高級そうな喫茶店のような店構えは、そうだと教えられなければ気付かないかもしれない。

もしかしてこういうところは一見さんお断りなのかも？　そんなことを考えた途端隼人は少しばかり気圧されてたじろぎ、思わず財布の中身を気にして挙動不審になってしまう。

一方伊織は興味津々といった様子できょろきょろと店内を窺《うかが》っており、その肝の太さが少し羨《うらや》ましい。

一輝は慣れた様子で軽く手を上げながら店の中へ入り、気安い感じでスタッフに話しかけた。

「やぁ、すみません祐亮《ゆうすけ》さん。突然無理をお願いしちゃって」

「ははっ、なんのなんの。一輝くんが友達を紹介してくれるなんて初めてだからね。こちらも急かすような形になってごめんよ」

「そうそう、一体どんな子を連れてくるのか気になって、あーしも店長から連絡もらって飛んできたし！」

「真琴《まこと》さんまで！」

まだ開店前と思しき店内には、２人の美容師がいた。

祐亮と呼ばれた男性は父親と同世代だと思われるのに随分と瀟洒《しょうしゃ》で、大人の男の色気といえるものを漂わせている。

真琴と呼ばれた女性の年齢は一回りほど上だろうか？　華やかで品があり、しかし人懐っこそうで愛嬌《あいきょう》が溢《あふ》れている。

どちらも訪れた客に、彼らのようになりたいと思わせるほどの魅力があった。

「と、早速始めようか。時間に余裕があるわけじゃないからね。えっと……」

「祐亮さんは隼人くんを。伊織くんは彼女のこともあるから、真琴さんに」

「ほほぅ？」

彼女という単語に真琴の目が獲物を捕らえたとばかりに光り、伊織がお手柔らかにと縮こまる。

そして隼人と伊織は促されるまま、シックで落ち着いた雰囲気のスタイリングチェアに座る。いつも行っている安さと速さが売りの店の機能性一辺倒のものとは、デザインだけでなく座り心地も段違いで、思わず緊張で身体を強張らせてしまう。

そこへ祐亮が人好きのする笑みを浮かべ、鏡越しに話しかけてきた。

「さて、今日はどんな感じにしようか？」

「えっと……」

問われて言葉に詰まる。今まで髪型には無頓着《むとんちゃく》だったので、具体的にどうというビジョンが思い浮かばない。急な来店だったから、なおさら。

必死に頭を回転させる。ちらりと隣を見れば、伊織が真っ赤な顔で彼女である恵麻のことを話しつつ、カタログを片手に真琴と相談している。

「と、とりあえず短く」

「「……ぷっ」」

しかしひねり出した言葉は、そんなふわっとしたアレな言葉だった。

一輝と祐亮も思わず噴き出し、隼人はバツの悪い顔を作る。

しかし祐亮はすぐさま申し訳なさそうな声で言う。

「あぁ、ごめんよ。君のことを笑ったんじゃなくて、一輝くんが予想した通りのオーダーだったから、それでね」

「一輝が？」

「隼人くんのことだから、まずは伸びた髪をどうこうしたいってのが先に来ると思って」

「まぁ、そうだけどさ」

なんとも見透かされたような気がして怪訝《けげん》な顔で視線を移せば、一輝は肩を竦《すく》めて苦笑い。

「さて、それじゃ君はどんな風に変わりたい？　うん、そうだね。この長さならどんな風にでも料理できるよ。辛口？　甘口？　それともいいとこ取りの中辛？」

「僕はまろやかで最初は甘みがあるけど、あとからしっかりとした辛さがやってくるバターチキンカレーが好きだなぁ。祐亮さんは？」

「最近サラサラで風味が独特なグリーンカレーにはまってるよ。近くにタイ料理屋ができてね。君は？」

「俺は家で作る季節の野菜を使った……って、なんでカレー⁉」

隼人のツッコミにあははと笑い声が上がる。「……ったく」と呟《つぶや》けば、この一連のやり取りで緊張がほぐれていることに気付く。どうやら気を遣われたらしい。

そんな隼人の様子を認めた祐亮は茶目っ気たっぷりに片目を瞑《つぶ》り、鏡越しに隼人へ笑いかける。

「あはは、そんな感じで気軽に言ってみてよ。そうだね……君はどんな自分になりたい？」

「どんな自分、か……」

そう言って自分に問いかけ、真っ先に胸の内に現れたのは春希。それと、沙紀。

どちらも多くの人の目を集めて輝く、魅力的な女の子。隼人の、幼馴染《おさななじみ》たち。

そんな彼女たちを思えば――

「——頼れる兄貴分、かな」

無意識にそんな言葉が零れ落ちる。

それがなりたいものなのかと、自分でもビックリだった。確かに沙紀は1つ年下で、早生まれの春希もそうかもしれないが、しかしなんともアレな恥ずかしい言葉だろう。

失言と気付いた時には、鏡の中でみるみる赤くなる自分を眺める羽目になっていた。

「へぇ、やっぱり隼人くんは良いお兄ちゃんなんだね」

「一輝……？」

しかしその言葉をどう捉えたのか、一輝は茶化す素振りも見せず、ただ眩《まぶ》しそうに目を細める。そして祐亮もうんうんと納得したかのように頷《うなず》く。

「なるほどね。じゃあちょっと大人の感じを意識しようか。よし、任せて！」

「は、はぁ」

言うや否や祐亮は隼人の髪にハサミを入れていく。

その動きに迷いやよどみはなく、切られた髪がハラハラと舞う。素人目にも確かな技術が感じられた。思わず言葉もなく見入ってしまう。

隼人がカットされていく様を興味深く眺めていると、ふいに隣の席から「きゃーっ⁉」と黄色い声が上がった。祐亮も思わず手を止め、そちらの方へと目を向ける。

「え、マジ？　一輝くんの女装⁉　なにそれ今の時点でしんどいほど滾《たぎ》ってくるし！　いっ⁉　文化祭⁉　行く、行くから。店長その日休みますから！　他にも可愛い男の娘いる？　それでしか摂れない栄養素があるし、救える命があるんですよ！　あ、友達も連れてっていい⁉」

「はは、うちの高校、当日そのへんフリーらしいっすから。あ、一輝のやつ、クラスの女子や姉さんとかにも化粧教えてもらってるくらいガチらしいっすよ」

「だから真琴さんにも、僕に似合う髪型とか聞きたくてね」

「ふぉぉぉぉぉぉぉっ！　ウィッグ！　買うの！　付いていきたい！　店長――」

「真琴ちゃん、仕事しようね」

「ですよねー」

真琴ががっくりと肩を落とせば、皆の笑い声が上がる。

しかし真琴の手が止まらないのは、さすがプロというべきか。その後も一輝の女装について伊織と共に話に花を咲かせる。

そして祐亮はふいに目を細め、感慨深そうな声で呟く。

「一輝くん、変わったね」

「……俺にとっては出会った時からこうでしたけど」

「君たちという友達ができたからだろうね。よく笑うようになったし、最近は特に何かを吹っ切れたというか……うぅん何ていうのだろう？」

「それは……」

祐亮の言葉にこそばゆさを感じつつ、よく人を見ているんだな、と思う。

「もしかして、好きな子ができたとか？」

「……へ？」

しかし続く予想外の言葉に、思わず素《す》っ頓狂《とんきよう》な声を上げてしまった。

思考がぐるぐる空回る。

一輝が？　誰を？

隣で伊織と真琴と談笑している一輝を見てみるも、いつも通りの爽《さわ》やかでさらりとした笑みを浮かべている。その表情や言動に特に違いは感じられない。眉根《まゆね》を寄せる。

「相手はどんな子かなぁ……知ってる？」

「……さぁ、勘違いじゃないですか？」

「そうかもね。でもこの仕事をしていると、恋が人を変えるところを何度も見てきているからさ」

「はぁ……」

祐亮の声には実感がこもっていた。それだけ、多くの変化した人を見てきたのだろう。

しかし隼人には今一つよくわからないものだった。

色んなことを考えているうちにやがてカットが終わる。

「はい、これでどう？」

「……え？」

祐亮の声で我に返った隼人は、少しばかり間の抜けた声を漏らす。

髪は短く刈り揃えられ、どこか自然な流れがあり、前とさほど変わらないはずなのに爽やかで少しだけ大人っぽい印象を受ける。

自分が自分でないようだった。気恥ずかしさを覚えるが、しかし先ほど頭に浮かんだ2人の顔を思い返し、胸を張る。

「ありがとうございました」

「どういたしまして。あ、また来てね？」


美容院から出た隼人は、財布の中身を覗《のぞ》きながら渋面を作っていた。

「……バイト、増やそうかな」

「うちは大歓迎だぞ。しかし髪型1つでここまで印象って変わるんだな」

「それは確かに」

そう言って伊織は少し気取ったポーズを取った。いつもと同じくふざけた軽い調子だが、垢《あか》抜《ぬ》けたせいかいつもと違い妙に決まって見える。

これから通うと決意させるほど、彼らの技術は優れていた。心なしか周囲の視線を集めているのを感じる。

すると途端に自分の着ている服が気になってきた。今日は普段と同じく、適当に引《ひ》っ掴《つか》んできたものだ。

パーカーを掴みつつ眉根を寄せていると、一輝がポンッと手を叩《たた》く。

「ついでだから、服も見に行くかい？」

「いいのか？」

「お、いいね！　浴衣《ゆかた》の時の見立てもよかったしな！」

そうして話の流れが決まった時、ぐぅと大きな腹の音が2つ響く。

バツの悪そうな顔をする隼人と伊織。

伊織が気恥ずかしそうに言葉を漏らす。

「急に出てきたから朝飯食ってなくてさ」

「はは、買い物の前に少し早いけどお昼にしようか」

「あー……、安くて量の多いところで頼む」

そんな隼人の言葉に、2人は声を上げて笑った。

第5話　意外な待ち人

沙紀《さき》に呼び出された姫子《ひめこ》は、都心のとあるカフェにやってきていた。森の中の小屋をイメージした可愛らしくオシャレな、一度は訪れたいと思っていたパンケーキで有名な店だ。

早い時間に訪れたにもかかわらず、休日ということもあって店の前には長蛇の列ができていた。注文が入ってからわざわざメレンゲを立てて生地を作るらしく、席に着いてからも結構な待ち時間が発生する。

しかしそれは姫子の期待感を煽《あお》り、テンションを上げさせるスパイスにしかならない。それに沙紀と一緒にいれば、あっという間に時は過ぎていく。

学校のこと、都会のこと、今来ているカフェのこと。話題は次から次へと湧いてくる。

やがてお昼には少し早いかなといった時間になった頃、お目当てのパンケーキが運ばれてきた。姫子と沙紀はわぁっと歓声を上げ、目をキラキラと輝かせた。

「わ、わ、すごいふわふわしてる！　メープルシロップの入ってる小瓶もすっごくオシャレだし！」

「姫ちゃん姫ちゃん、食べる前に写真撮らないと！」

「もう撮った！　いただきま――んんっ⁉　口の中で溶けるよ、こんなの初めて！」

「ふぁぁ、柔らかすぎてスプーンで掬《すく》えちゃうよぉ～」

味も決して軽いだけじゃなく、チーズのコクがメープルシロップと相まって複雑で濃厚な甘味を演出している。一口食べるごとに、今まで食べたパンケーキの概念と共に相好も崩す。

結構ボリュームがあるなと思っていたが、気付けばあっという間にお皿は空になっていた。

「あ、もうなくなっちゃった……」

「アレだけ並んで待ったのに、食べる時はあっという間だねぇ～」

姫子が少し悲しそうな声を漏らせば、沙紀も寂寥《せきりよう》感交じりの言葉を返す。

すると丁度その時、隣の席に注文が届けられた。パンケーキとは違う注文ということもあり、思わずお皿の中をちらりと窺《うかが》う。

「……そういやここ、フレンチトーストも有名なんだよね」

「これだけパンケーキが美味《おい》しかったら、そっちの方も気になっちゃうよね～」

「だよねー。むむむ……」

実際に隣の実物を見れば、たちまちそちらの方も気になってしまう。メニューを開いて見てみれば、『カリカリの外側とふわふわの中身』という文字が姫子を誘惑する。

お腹に手を当て自問自答。幸いにして、多少の余裕があるようだ。

だが懐具合となれば話は別。それにさすがにカロリーも気になるところ。夏休み前、ダイエットで散々苦労したのを思い返す。

しかし、せっかく長時間かけて並んでやってきたのだ。

非常に悩ましい問題に、百面相をする姫子。

するとスマホでしきりに何かを確認していた沙紀が、諭すように言う。

「姫ちゃん、今から頼むと時間かかっちゃうよ。待ってるうちにお腹膨れちゃうかもだし。そっちは次のお楽しみにしとこ？」

「あーうん、そうだね。よし、今度ははるちゃんも誘おう！」

せっかくならちゃんとしたコンディションで味わおう。沙紀の言葉でそう切り替える。

「ところで姫ちゃん、これから行きたいところあるんだけど、いいかなぁ？」

「え、どこどこ？」

沙紀は一瞬スマホを片手に何かを考える素振りを見せ、画面を姫子へと向けた。

「このお店のスタンダードA14号室に13時半なんだけど」

「わ、カラオケセロリじゃん！」

「姫ちゃんわかる？」

「うん、前にも言ったけど、おにぃやはるちゃんたちと行ったよ。場所も覚えてる」

「よかった。私まだこっちに出てきたばかりだから、土地勘なくて～」

安心してホッと息を吐く沙紀。

そして姫子は頭の中で何を唄《うた》おうか考えていると、ふとあることに気付く。

「13時半って……もしかして沙紀ちゃん、予約してたの？」

「えっ……まぁ、そんなところ？」

沙紀はギクリと苦笑いを浮かべる。

それを見た姫子は、ははぁんと思い当たることがあった。

放課後、穂乃香《ほのか》たちクラスメイトと共にカラオケに繰り出すことがある。つい先日も兄や一輝《かずき》たちと出掛けたばかりだ。しかし今までまともにカラオケに触れたことのなかった沙紀はもちろん、そして姫子もあまり上手いとは言い難い。練習が必要だろう。

なるほど、今日の呼び出しの本命はこちらの方だったのだろう。わざわざ予約までしている気合の入りっぷりだ。2人ならば唄《うた》う時間もたっぷり取れる。それに以前話題にも出していたし、実際に行ってみたいと思ったに違いない。姫子はしたり顔で鷹揚《おうよう》に頷《うなず》く。

「今からならゆっくり行っても時間に余裕あるね。ちょっと寄り道しながら向かおっか」

「う、うん。そうだね」

道中ちょくちょくウィンドウショッピングしつつ、カラオケセロリへ。

姫子がここを訪れたのは、以前映画に行った時以来2回目だ。

普段駅前で利用する安さが売りのところも悪くないが、こうしたリゾート風の豪華な内装は気分も自然と上がる。なんならいつもより上手く唄えそうな気さえする。

隣の沙紀はどうだろうと視線を向けると、
なら先に受付を先に済ませておこうと「フリータイムでいいよね？」と告げて足を向ける。するとはたと顔を上げた沙紀に手を掴まれた。

「あ、姫ちゃん大丈夫だから！」

「へ？　でも受付……」

「い、いいから～っ」

いいのかなと首を傾げつつ、沙紀が受付で一言告げると、店員に特に何か言われることもなく目的の部屋へ。

そこで立ち止まった沙紀は一呼吸置き、やけに真剣な顔で姫子に向き直る。

「姫ちゃんあのね、その、私も未だに信じられないんだけど、えっと、驚かないでね？」

「へ？」

要領を得ない説明をした後、沙紀はコンコンとノックする。

「お待たせしました佐藤《さとう》さん、村尾《むらお》です」

「あ、はい、入ってください」

「っ!?」

そして沙紀は返事と共に扉を開け、そこで待っていた相手の姿に瞠目《どうもく》し、息を呑《の》む。

「今日は無理言ってすみません。その、改めまして——佐藤愛梨《あいり》、です」

佐藤愛梨。

今をときめく人気モデルが、どういうわけかそこで待っていた。

予想外のことに頭の中が真っ白になってしまう。

雑誌やネットで見た時そのままの華やかな女の子——愛梨が少し肩身の狭そうな様子で、沙紀と頭を下げ合っている。どうやら沙紀と愛梨が事前に連絡を取り合って、ここへ姫子を連れてきたようだ。それはわかる。

しかしいつの間に2人が知り合いに？　自分に何の用が？

様々な考えが再起動した頭の中をぐるぐる駆け巡る。今一つ、この状況が呑み込めない。

いきなりの展開に、姫子はただ呆然《ぼうぜん》と扉の前で立ち尽くす。

「あの、外から見えちゃうので……」

「姫ちゃん、こっち」

「あ、はいっ」

姫子が立ち呆《ほう》けていると部屋の中へと促されて沙紀の隣、愛梨の対面に腰掛ける。

「……」

「……」

「……」

互いに俯《うつむ》き、顔色を窺う。会話はなく、緊張の糸だけが張り詰めていく。

人気モデルである愛梨とこうして向かい合っている状況は、確かに異例なことだ。

しかし、本当にそうだろうか？　何かが引っ掛かっていた。

身近な人たちと愛梨の関係について考えてみる。

愛梨と仲のいいＭＯＭＯは一輝――兄の友達の姉だ。

そして浴衣を買いに行った時、愛梨とＭＯＭＯ２人のプロデューサーが春希《はるき》になにかしらアプローチを掛けていたことを思い返す。

「二階堂《にかいどう》春希さん、でしたっけ……」

「っ！」

愛梨の口からポツリと呟《つぶや》かれた言葉で色々繋《つな》がる。そして脳裏に浮かぶ名前があった。

――田倉真央《たくらまお》。

春希の事情はよくわからない。だけど春希についての話だということが容易に想像できた。もし春希が母親と上手くいっているのなら、あれほど霧島《きりしま》家に入り浸りはしないだろう。

姫子にとって、春希は特別な存在だ。

それに再会して以来その演技の凄《すご》さを、輝きを、目の当たりにしてきている。

遅かれ早かれ、誰かに見出されることだろう。しかし尊重すべきは春希の意志。

だからこそ、姫子はまずそのことを明確にしなければと、使命感に燃える。

「あ、あのっ、最初に言っておきたいことがあるの！」

「っ！」「ひ、姫ちゃん……？」

意を決し少しばかり心拍数の上がった胸をぎゅっと押さえ、顔と声を上げる。

沙紀と愛梨の視線が突き刺さりたじろぎそうになったものの、ごくりと喉《のど》を鳴らし弱気と共に色々なものを呑み下《くだ》す。

「あたし、はるちゃんの味方だからね！」

「っ！　そ、そうですか……」

姫子の言葉に、愛梨はあからさまに動揺して目を泳がせ、顔をくしゃりと歪《ゆが》ませる。

思わず罪悪感に駆られるが、しかしこれは譲れない一線。

キッと目に力を込め、愛梨を見つめれば、愛梨は恐る恐るといった様子で訊《たず》ねてくる。

「てことはやはり……でも彼女、前に一輝くんをフっていますよね？」

「へ？」

「…………え？」

そして姫子は意外な愛梨の返答に、間の抜けた声を上げてしまう。

愛梨もそんな姫子の反応に、目をぱちくりさせる。

沙紀はオロオロと２人の顔を見るばかり。何かが噛《か》み合っていなかった。

「待って！　えっと……はるちゃんが一輝さんを……？　初耳、なんだけど……」

「人伝だけど、そんなことがあったって……」

「え、いつ頃？」

「夏休み前くらい……」

春希と一輝が一緒だった時のことを思い返す。

プール、買い物、秋祭り。

初めて会った映画館の時から一輝が揶揄《からか》い春希が突っかかる——そんな、気の置けない友人同士のじゃれ合いのような関係が思い浮かぶ。

仲は良いだろう。しかしそこに一輝から恋愛の色は汲《く》み取れない。春希からは言わずもがな。

「うーん、そんな素振りとか全然なかったと思うけど……」

腕を組み、「むむむ」と唸《うな》る。しかし、火のないところに煙は立たぬ。

姫子の知らないところで、何かがあったのかもしれない。

そう思うと、やけに胸がもやもやしてくる。

「よし、じゃあ本人に聞いてみよう！」

「えっ⁉」「姫ちゃん⁉」

言うや否や姫子はスマホで春希のアドレスを呼び出し、スピーカーモードに。

やけに神妙な表情の沙紀や愛梨が見守る中、ややあって通話が繋がる。

『あれ、ひめちゃん？ どうしたの？』

「はるちゃん？ えっと今、外なの？ ちょっと聞きたいことがあったんだけど」

『ん、ちょっと待ってね、恵麻《えま》ちゃーん――』

スマホ越しに外の喧騒《けんそう》が聞こえてきた。タイミングが悪かっただろうか？ そういえば昨夜、文化祭の衣装についてどうこう言っていたことを思い返し、バツの悪い顔を作る。

ならば質問は簡潔にしなければと思考を回す。

『お待たせ！ で、聞きたいことってなに？』

「はるちゃんってさ、一輝さんのこと好きなの？」

『は？』「「っ⁉」」

姫子のストレートな物言いに、動揺交じりの驚きの声が上がる。沙紀と愛梨は叫び出さないよう、それぞれの口を押さえている。

反論はすぐさま返ってきた。

『いや、まったく、これっぽっちも！ ていうかひめちゃんがどうしてそんなことを聞いたのか、不思議なくらいなんだけど⁉』

「ちょっと一輝さんがさ、はるちゃんに告ったたって話を聞いて。それでどうなのかなーって思って」

『あぁ、それ……お互い変なのに言い寄られないようにって感じのアレ。だからボクは海《かい》童《どう》のことなんて、心外、全然、毛ほども思ってないから！　それだけは覚えといて！』

「う、うん、わかった」

早口の、そしてやけに迫力のある真剣な言葉に、姫子はうんうんと頷く。沙紀と愛梨も同様だ。

ともかく、事情がわかりすっきりとした。文化祭の準備に忙しい中で答えてくれたことに一言お礼を言ってから通話を切ろうとした時、意外すぎる言葉が春希から飛び出す。

『ひめちゃん、もしかしてその、さ。海童のことが好き、だったりするの……？』

「へ？」

思わず素《す》っ頓狂《とんきょう》な声が漏れる。

一輝を？　どうして？

あまりに突飛な問いかけにぐるぐると思考を空転させると、一周回ってなんだかおかしくなってきてしまった。

「あはははは っ！」

『ひ、ひめちゃん⁉』「「っ⁉」」

いきなり笑い出した姫子に驚く声が聞こえてくる。沙紀と愛梨も目をぱちくりさせている。そんな中、姫子は目尻《めじり》を拭《ぬぐ》いながら言う。

「あたしと一輝さんが？　ないない！　面白くていい人だとは思うけどね。そもそも――一輝さん、そういうのは当分勘弁だって言ってたし」

最後の方はしんみりとした言い方になってしまっていた。

姫子はかつてプールで、それだけモテるのにどうして彼女を作らないのか聞いた時のことを思い返す。それから秋祭りの騒動の時、その理由を思い知った。とても傷付いているということも。それはどこか、共感を覚えるところでもあって。

『そっか。うん、いきなり変なこと聞いて悪かったね、ひめちゃん』

「ううん、こっちこそ、はるちゃん」

『じゃあボクはこれで。衣装の打ち合わせがあるから』

「うん、またね」

通話を終了させ、ふぅ、と疑問が晴れて清々しいため息を吐く。

そして正面に向き直ると愛梨がやけに困ったような、ともすれば泣き出しそうな顔で訊《たず》ねてくる。

「そっか……一輝くん、今は恋愛とか興味ないって言ってたんだ」

「うん。その、色々あったみたいで、そういうのはしばらくはいいやって。……あたしもその気持ち、わからなくはないかなぁ」

「そう、なんですね……」

すっきりとした姫子とは対照的に、愛梨の顔が曇っていく。空気も重々しくなる。

姫子がさすがにこれは困ったとばかりに「えぇっと」と呟き、助けを求めるように隣の沙紀を見れば、沙紀はちらりと愛梨を見た後、おずおずと口を開く。

「その、姫ちゃん。今日ここに呼んだわけなんだけど、実はお兄さんや春希さん、海童さんたちの高校の文化祭についてなんだ」

「え、あ、うん。えぇっと、それとどうして愛梨、さんが……？」

「そ、それは私から説明します！」

ふいに愛梨が声を上げる。緊張の感じられる、硬い声色だ。

その瞳《ひとみ》は姫子が今まで見たことのないほど真剣味を帯びており、自然と背筋を伸ばす。

「実は私――一輝くんのことが好きなんです……っ！」

「……………え――――っ!?」

そして続く言葉に、姫子は今日一番の驚きの声を上げた。

目を大きく見開き、まじまじと愛梨を眺める。姫子の視線を受けた愛梨はこれ以上ないほど顔を真っ赤に染め上げ、もじもじと人差し指で髪を弄《もてあそ》びながら視線をずらす。

その姿は人気モデルというより、まさに1人の恋する乙女。しかも恋の相手は姫子もよく知る一輝だという。

たちまち胸がキュンと締め付けられると共に、歓喜、驚愕《きようがく》、上手く言葉にできない興奮が身を包む。気が付けば前のめりになって愛梨の両手を掴《つか》んでいた。

「あたし、応援します！」

「っ⁉　え、あ、ありがとう……」

「ところでどうして一輝さんを？　ＭＯＭＯの弟だから接点があるというのはわかるんですけど、好きになったのには何かきっかけが？」

「わ、私もそれ、気になります！」

「え、えーっと……」

そして姫子だけでなく沙紀も、ぐいっと身を乗り出す。

愛梨は恋愛に対する好奇心から煌々《こうこう》と輝く2人の瞳に見つめられ一瞬たじろぐも、しかし耳にかかった髪を掻《か》き上げ、少し照れ臭そうに口を開く。

「実は一輝くんとは元々同じ中学のクラスメイトでね、当時の私は——」

「ウソ、これが本当に愛梨⁉　変身ぶりがすごいというかＭＯＭＯやばい⁉　それで——」

「海童さんにそんなことが……って実際付き合って⁉　でも——」

愛梨は一輝とのあらましを話していく。

体育祭のリレーをきっかけに声を掛けられたこと。

互いに異性からの告白を避けるために契約上付き合ったこと。

そして中学卒業の日、もうその必要はないからと別れを切り出された時に、初めて恋心を自覚したこと。

姫子はそんなドラマのような話に時折「きゃーっ」と声を上げて相槌《あいづち》を打ちながら身を捩《よじ》らせると共に、その切ない想いに共感し、彼女のためにどうにかしてあげたいという気持ちを募らせていく。

そして全てを語り終えると、愛梨は困ったように言った。

「でも一輝くん、今はその、恋愛する気自体ないというか、忌避すらしているみたいで……」

「「……」」

愛梨の当惑が姫子と沙紀にも伝播《でんぱ》し、少しばかり重い空気が流れる。その点に関しては姫子自身も原因を目の当たりにしているし、なんなら先ほど自分でも口にしたばかりだ。

恋愛自体をする気がない一輝に、仮初の元カノである愛梨。

なるほど、これは難しい問題だ。しかも愛梨の立場もあって、おいそれと誰かに相談できない。愛梨がほとほと困っていたことが容易に想像できる。

だからこそか細い伝手《つて》を頼って沙紀に連絡し、姫子が今ここにいるのだろう。こうして少ない言葉を交わしただけだが、愛梨が一途に一輝を想っているのが伝わってくる。

是非ともその想いは成就して欲しいと思うし、よく世話になっている兄の親友《一輝》にも幸せになって欲しい。

そして愛梨はおずおずと本題を切り出した。

「私、一輝くんのところの文化祭、どうすればいいかな……？」

愛梨の言葉を受け、姫子は沙紀と顔を見合わせ頷《うなず》き合う。

そして沙紀がすぐさま力強い声を上げた。

「行くべきです」

「あたしもそう思います」

「村尾さん。それに霧島、さん……」

迷いなく言い切る沙紀と姫子に、愛梨は少々面食らう。

沙紀はそんな愛梨へにこりと微笑み、胸に手を当て、口を開く。

「今って学校も別々で、滅多に会う機会もないんですよね？」

「う、うん……」

「接点は多ければ多いほどいいです。だって、会えない距離にいるわけじゃないんだから……手を伸ばさないと、摑めるものも摑めませんよ？」

「……ぁ」

そう言って沙紀は、ぎゅっと姫子の手を握りしめて微笑む。

愛梨の表情が、不安の色から決意の色へと塗り替えられていく。

姫子は愛梨と沙紀に笑みを返し、そしてふと気付いたことを言う。

「あ、でも愛梨が文化祭に現れたら、騒ぎになるよね？」

先日の浴衣《ゆかた》の買い物の時を思い返す。あの時も、ものすごい騒ぎになった。何とかことを収められたのは件のプロデューサーがいたからだろう。

愛梨も姫子の言葉を受け、やっぱりねといった表情を作る。

「行くとしたら変装は必須《ひっす》ですよね……」

「ん～、正式に文化祭のイベントにゲストとして招かれるとか？　確かはるちゃん、文化祭実行委員のはずだし、なんとか組み込めるかも？」

「でも姫ちゃん、それじゃ騒ぎになって海童さんに接触するの、難しくなるよぅ」

「あ、そっか。でもせっかくの文化祭で会いに行くっていうのに、地味な格好っていうのもねー……」

「だよね～……」

皆でむむと唸《うな》ることしばし。ふと愛梨が「あ！」と声を上げた。

「……いっそ思い切って、その日はイメチェンしてみるとか？」

「「っ!?」」

姫子と沙紀は思わず息を呑《の》み、ポンと手を叩《たた》く。名案だった。

「いい、それすごくいい！　うんうん、愛梨のイメチェン！　どんなのがいいかな⁉　髪型とか色とかも思い切って変えちゃったりして⁉」

「わ、わ、服とかも今までと違ったイメージのとか……って佐藤さんものすごいスタイル！　って、モデルさんでしたぁ！　う～、何でも似合いそうで悩ましいよぅ～」

「あ、あはは……ほら、雑誌とかで今の私のイメージが強いから、今までと違う方向にイメチェンしたらバレないかなって」

「うんうん、ありだよ！　で、実際どういう風にいく？　可愛らしいを押し出して――」

「う～ん、今とは逆に落ち着いたお姉さんとか――」

「私実は派手なのはあまり――」

そして突如始まる愛梨イメチェン会議。非常に紛糾する。

様々な意見が飛び出すものの、しかし一向に決まらない。姫子や沙紀が色んなものを想像するも、どれも愛梨に似合うからだ。さすが人気モデルと嘆息する。

そのことを告げて彼女を賞賛すれば、いちいち照れて赤くなるところも可愛らしい。

やがて話し合って辿《たど》り着《つ》いた答えを、沙紀が代表するかのように呟《つぶや》く。

「やっぱり、海童さんの好みに沿ってるのがいいよね……」

「だよねー。けどあたし、一輝さんがどういう感じの好きなのか全然知らないや」

「私も今のこれは、お姉さんと同じ系統なら少なくとも嫌いじゃないだろうっていう打算からきたものなので……」

姫子は腕を組み、むぅと唸り眉間《みけん》に皺《しわ》を刻む。今までの一輝のことを思い巡らせてみるが、どういうものが似合いそうかはわかっても、異性の好みとなると全く見当がつかない。

このまま考えても埒《らち》が明かないと思った姫子は、よしっとスマホを取り出した。

「わかんないなら、本人に聞いちゃおう！」

「っ⁉」「ひ、姫ちゃん⁉」

姫子は驚く愛梨と沙紀をよそに、先日登録されたばかりのアドレスを呼び出す。

そういえば初めてのメッセージだなと思いながら、文字を打ち込んだ。

『一輝さんの好みの女の子って、どんなタイプですか？』

◇◇◇

気付けば随分と陽が傾いていた。

西の空は色付き始め、隼人《はやと》の足元から洒落《しゃれ》た街の石畳の上に伸びる影も、長くなっている。

「なんかちょっと、変な感じ……」

「はは、だな。けど悪かねぇ」

そう言って隼人と伊織《いおり》は、互いの姿を見て少し照れ臭そうに笑い合う。

隼人が着ているのは細身の落ち着いた色合いのニットにスキニーパンツ。オーソドックスなものだが、無駄な贅肉《ぜいにく》のない隼人をスラリと仕立て上げ、少し大人っぽく見せている。

伊織が着ているのはパーカーにジーンズという、ありふれたもの。しかしそれは髪型と相まって今までどこかヤンチャなイメージが拭《ぬぐ》えなかった彼を、ワイルドな印象にしている。その伊織は恵麻の反応を気にしており、ごちそうさまという気分になってしまう。

ともかく隼人も伊織も、朝とはまるで別人のように見えるだろう。その代償として懐具合は少々寂しくなってしまったが、相応の対価と見るべきか。

どちらもカットした髪型と、一輝の見立てによる服のおかげだ。

「ありがとな、一輝。随分と買い物に付き合わせちまった」

「おぅ、助かったぜ一輝！」

「っ⁉　え、あ、その、えっと……？」

「いや、服とか選んでくれてありがとうって」

「あ、あぁうん。そ、それくらいどうってことないよ」

「「……」」

その一輝はと言えば、先ほどからどうも様子がおかしい。

隼人と伊織は困ったように顔を見合わせる。

やけに落ち着きがなく、上の空。顔も赤くなったかと思ったら蒼白《そうはく》になり、百面相。そしてしきりにスマホを気にするとなれば、何かあったのは明白なのだが、何でもないの一点張り。

これほどまでに一輝が動揺を態度に表したことなんて、今までなかった。

隼人と伊織がほとほと困ったという顔をしていると、さすがに一輝は自分の態度がおかしいという自覚があるのか、コホンと咳払《せきばら》いをしつつ眉根を寄せて言う。

「その、ちょっと個人的なアクシデントが起きた感じでね。隼人くんや伊織くんに迷惑をかけることはないのだけれど、自分でもどうしていいかわからないというか」

「んー、そうだとして、何か悩んでいるなら聞くぞ？」

「おう、オレもできることなら手を貸すぜ」

「あーいや悩みというか、悩ましいけど、今はその……どうしようもなくなったら頼らせてもらうよ」

「遠慮するなよ？」

「……あはは」

隼人は釈然としないまま、この日は2人と別れた。

最寄り駅に着いた頃には、それなりに遅い時間になっていた。

スーパーに寄り夕食には手早くできるものをと考えていると、30％引きのシールが貼られた豚バラ肉を見て、早速今朝テレビでやっていたナスと豚肉をレンジに放り込むだけの料理に決める。副菜にほうれん草の胡麻和《ごまあ》えと昨日の煮物の残り、それにみそ汁でもあれば格好はつくだろう。

さてどういう順番で調理しようかと頭の中で算段をつけながら歩いていると、マンション近くで見慣れた2つの後ろ姿を見つけ、声を掛けた。

「よ、今帰りか？　姫子に沙紀さん」

「あ、おに…………ぃぃいいっ!?」

「……ふぇっ!?」

振り返った姫子が素《す》っ頓狂《とんきょう》な声を上げ、沙紀も目を大きくして瞬かせる。

その反応で今朝とは別人のようになっていることに気付く。女子中学生2人のまじまじと検分するかのような視線を受け、気恥ずかしさから身を捩《よじ》らせる。

「お、おにぃが意外にカッコいいんだけど!?　ね、沙紀ちゃん！」

「……っ、うん、うんうんうんっ！」

「意外には余計だ！」

「てかあたし、ネギがひょっこり顔を出してるエコバッグがなかったら、おにぃとわかんなかったし！」

「で、でもそんな生活臭を感じさせるところがお兄さんって感じというかっ」

「あのな……」

「いやでもビックリ、やるじゃんおにぃ！」

「はい、その、前より素敵になりました！」

「そ、そうか……」

しかし姫子と沙紀からなんだかんだと賞賛の言葉を掛けられれば、面映ゆいが満更でもない。

そして次の興味は隼人を変貌《へんぼう》させた美容院と店に移る。どこの街のどこの店か事細かに聞かれつつ、マンションのエントランスを潜りエレベーターに乗る。

そこで隼人から一通りの話を聞いた姫子は、納得するように頷いた。

「なるほどねー、おにぃのそれ、やっぱり一輝さんの見立てかー」

「まぁな。こういうのって右も左もわからんし、俺も伊織もかなり世話になったよ」

「一輝さん、おにぃたちとずっといたから、それで」

「うん？」

「べっつにー？」「ひ、姫ちゃん！」

なんだか含みのある言い方だった。隼人がどういうことかと首を捻《ひね》っても、妙ににやにやした顔を返されるのみ。沙紀はそんな姫子をハラハラした様子で窘めている。

「まぁあれ、女の子だけの秘密ってやつがあるんですぅ」

「……さいで。うん？」

そんなことを言う妹に呆《あき》れつつも家の前までやってきた隼人は、カギが開いていることに気付く。春希が先に帰ってきているのかと思い家の中に入れば、それと同時にリビングから「みゃ～っ⁉」という鳴き声が聞こえてきた。

一体何をやってんだと思い、姫子や沙紀と顔を見合わせ眉間《みけん》に皺を刻む。

「ただいま。って春希、何を……やっ、……て……」

少し呆れつつ扉を開けると――そこに広がる予想外の光景に、固まってしまった。

「ま、まだあるの～……って、隼人！　ひめちゃんに沙紀ちゃんも！」

「あらあらあら！　おかえりなさい、みんな！」

「「「っ⁉」」」

リビングにはやたらとフリフリした服を着て、助けを求めるような顔をしている春希。

そして隼人と姫子の母親、やけに肌をツヤツヤさせた霧島真由美《まゆみ》が、どうしたわけかそこにいた。

一体何で？　どうして母が家に？　病院は？

ぐるぐると思考が空回りし、立ち尽くす。

一方で真由美は隼人の姿を見て目をぱちくりさせた。

「隼人ってば、なにその格好⁉」

「っ⁉　あぁその、ちょっと思うことがあって……」

「やだもう、びっくり！　でもこうしてちゃんとキメれば、我が息子ながらなかなか悪くないじゃない。ね、はるきちゃんもそう思わない？」

「っ！　うん、ボクも驚いた。前からちゃんとすれば、って思ってたけど……やるじゃん」

「お、おぅ」

　春希はそう言いながら、少し赤くなった顔でにししと悪戯《いたずら》っぽい笑みを浮かべ、ちょん、っと人差し指で隼人の鼻を突く。隼人はそんな春希からのまっすぐな言葉にドキリと胸を跳ねさせ、視線を逸らす。

　するとリビングのソファーの上にやけにレースやフリルがふんだんに使われた、まるで童話から飛び出したかのようなふりふりひらひらした少女趣味の、しかし一目で手の込んだ、春希が着ているのと同系統のものとわかる服が広がっていることに気付く。

「……これは？」

「私が作ったのよ。ほら、入院中暇でレース編みに凝っちゃって。どうせならと、服も作ってもいたの。どう、可愛い？」

　どうやら春希はこれらの着せ替え人形にされていたらしい。

　母に促され、改めて気恥ずかしそうにしている春希を見てみる。

「可愛らしいとは思うけど……うーん、なんていうかだな——」

実際可愛いし、技巧が凝らされており華やかだとは思う。

ただそれらは西洋人形的であり、確かに似合っているものの長くて黒い艶《つや》やかな髪を持つ大和撫子《なでしこ》的な春希とは、少しばかり方向性に違和感を覚える。

そう、これらはどちらかというと——

「——こういうの、沙紀さんにこそ似合いそうだ」

「ふぇ⁉」

「「っ！」」

隼人の言葉に驚きの声を上げる沙紀に、春希と真由美の視線が突き刺さる。

そして２人は頷《うなず》き合う。

「沙紀ちゃんの髪の色や肌の白さ……うん、隼人の言う通りボクより沙紀ちゃんの方が映えそう！」

「ホントだわ！　どう沙紀ちゃん、ちょっと着てみない？」

「え、えっとその、私は……」

手をわきわきさせながらにじり寄る春希と真由美。

困惑しつつも満更でもなさそうな沙紀が、どうしたらというように視線を向けてくる。

隼人は一瞬少女趣味全開の沙紀の姿を想像し、それはそれで悪くないなと思いつつ、それよりも気になっていることを、助け船を出す形で訊《たず》ねた。

「で、どうして母さんがここにいるんだ？」

「そりゃあ退院したからよ。といってもちょくちょく検査やらなにやらで病院に通わなきゃならないけど」

「退院？　何も聞いてないぞ。親父もそんなこと欠片《かけら》も言ってないし」

「そりゃそうよ言ってないもの。サプライズ成功ね！」

「はぁっ!?」

そう言って真由美は、あははと笑う。突然の通告だった。

悪戯が成功したかのような母の笑みに、呆気《あっけ》に取られる。

「ほら、あの人ってば心配性でなかなか首を縦に振らないもんだからさ、お医者様に直談判して不意打ちで退院してやったの！」

「だからって！　親父はその、このことは……？」

「さっき言ったわよー、はるきちゃんの写真と一緒に。帰りにお祝いのケーキとお酒よろしくねって。久々にあの人の慌てふためく声を聞いたわ！」

「……ったく」

口に手を当て思い出し笑いをする真由美。隼人はそんな母を見つつ、驚きてんやわんやしている父の姿を想像し、眉間に皺《しわ》を寄せ額に手を当てる。

すると真由美はスッと目を細め、隼人を見つめながら言った。

「私もね、こうして早く皆と会いたかったのよ」

「……ぁ」

その言葉はズルい、と思った。急な退院についてだとか、黙って大事なことを決めたことだとか、そんな文句も言えなくなってしまう。

春希や沙紀も微笑ましそうに見つめてくる。親子間のこうしたところを見られるのは、やはり気恥ずかしい。

隼人はガリガリと頭を掻《か》いて、コホンと咳《せき》ばらいを1つ。母へと向き直り、自らの想いを告げた。

「おかえり、母さん」

「ええ、ただいま！」

それはあるべき場所へ戻ってきたことを確認する儀式。

母が帰ってきたことを実感すると共に、胸に込み上げてくるものがあった。

隼人はそれらを悟られまいと、強引に話題を変える。

「その、帰ってくるってわかってたら、夕飯もそういうものを用意したんだけどな……いっそ、出前でも取ろうか？」

「出前⁉　出前ってお寿司とかお蕎麦《そば》とかピザをおうちにまで持ってきてくれる、あの出前⁉」

「そうだよ。こないだ初めて宅配ピザとったけど、結構おいしかったよ。まぁアレ、駅前の店舗で買って帰ってきたんだけど」

「宅配ピザなのにお店で買ってきたの⁉」

「だって店舗で買うと半額になるし」

「確かにそれはお店で買って帰るわね⁉」

「ピザ以外にも中華に和食、丼ものとか色々あるよ。ほらこれ、ポストにそういったチラシが入れられるから」

「まぁ！　……カレーにパスタ、トムヤンクン、え、料理人がうちに来て何か作ってくれたりするのもあるの⁉」

チラシを手にしながらそわそわしだす真由美。その姿を見て、春希がしみじみと呟《つぶや》く。

「……おばさん、ひめちゃんそっくり」

「「……ぷっ」」

思わず噴き出す隼人と沙紀。

やがてチラシと睨《にら》めっこしていた真由美は顔を上げ、隼人が手にしているエコバッグを見て口を開く。

「うん、でも今日はやっぱり隼人が作ったものがいいわ。もう今日は何にするのか決めて、買い物も済ませてたのでしょ？」

「まぁ、簡単に手早く作れるやつだけど」

「そういう我が家の味がいいのよ」

「……そっか」

そう言われると否やはない。

真由美は力こぶを作り、それを叩《たた》きながら言う。

「私も手伝うわ」

「いいよ、別に。それよりもリビングに散らばっているものを片付けて欲しいな。春希も着替えた方がいい」

「えぇぇ～」

「あ、それならボクは隼人の部屋を借りるね！」

「じゃ、じゃあ私がお兄さんのお手伝いをしますね！」

「あぁ頼む、沙紀さん」

残念そうに拗《す》ねた声を上げる母に呆れつつ、これ幸いと隼人の部屋に逃げ込む春希に苦笑い。同じような表情をしている沙紀と顔を見合わせ、肩を竦《すく》める。

さて、夕食の調理に取り掛かろうとキッチンに向かったところで、母がふと気になっていたとばかりに質問を投げかけた。

「ところで隼人、好きな子でもできた？」

「は？」

「っ⁉」「痛っ⁉」

隼人が間の抜けた声を上げ、沙紀は手にしていた自分の鞄《かばん》を取り落とし、春希は開けようとしていた扉に頭をぶつけ涙目になる。

だが真由美は好奇心で目を爛々《らんらん》と輝かせ、重ねて問う。

「で、どうなのよ、隼人？」

にやにやと笑う母に、隼人は呆れたまなざしと共に言葉を返す。

「なんでそうなる」

「だってー。今まで見た目に無頓着《むとんちゃく》だったのに、急にそんな洒落《しゃれ》っ気《け》出したら、何かきっかけがあると思うじゃない？」

「そういうのじゃないよ。ほら、春希とか沙紀さんとかの傍にいて恥ずかしくないようにって思ってさ」

「へぇ、ほぉ、ふぅん～」

「……なんだよ」

隼人はやけににやにやしている母親の視線を、少し鬱陶《うっとう》しく感じながらも、エコバッグから食材を取り出す。

春希はそそくさと隼人の部屋へと着替えに行き、少しそわそわした沙紀がエプロン片手にやってくる。

「え、ええっとその、何をどうしましょう？」

「そうだな、ナスを切って……って、あれ？」

「？　どうしました？」

「いや、姫子を見かけないなって」

「そういえばそうですね……」

「ま、メシができたらお腹空いたって言ってやってくるか」

「あ、あはは……」

そう言って調理に取り掛かる。

しかしこの日は珍しいことに姫子は夕食ができても部屋から出てこず、どうやら疲れたのか早々に寝てしまったようだった。

第6話　文化祭に向けて

休み明けの月曜日。

通学路を行き交う多くの人は、新しい週の始まりにどこか憂鬱《ゆううつ》な空気を纏《まと》っている。

しかし隼人《はやと》はといえば彼らとは対照的に、やけに機嫌がよかった。

話題は、急遽《きゅうきょ》退院してきた母のこと。

「——それで母さんってば、昨夜は親父が帰ってきた音が聞こえるなり冷蔵庫にお酒を仕舞って、何食わぬ顔をしようとしてんの。結局、コップになみなみと注がれてる酎《ちゅう》ハイを目にした親父が、ほどほどにって小言を零したけどさ」

「あはは、おばさんらしいや。けどおばさんってそんなにお酒好きだったの？」

「月野瀬《つきのせ》の集まりじゃ、それほど呑《の》むっていうイメージはありませんでしたけど」

「ま、入院生活が長かったからな、その反動もあるんだろう。俺も呑みすぎなきゃ文句言うつもりはないし」

隼人の声が弾む。驚きや戸惑いはある。

それでもやはり、家族が元の形に戻ったことへの喜びは隠しようがない。

それは春希《はるき》や沙紀《さき》にとっても同様で、隼人に釣られて頬を緩ませている。

しかしその中で姫子《ひめこ》だけが1人、なんとも陰鬱《いんうつ》な空気を纏っていた。

「……じゃ、あたしこっちだから」

「あ、姫ちゃん待ってよぅ～！」

「「……」」

やがて分かれ道に差し掛かり、姫子はポツリと言い捨てて中学の方へと去っていく。沙紀が慌てて追いかける。

隼人は姫子にすげなくされながらもせっせと話しかける沙紀の後ろ姿を見ながら、ガリガリと頭を掻き少し困ったように呟く。

「どうしたもんかなぁ」

「うーん……」

姫子は昨夜、母が家へ戻ってきてからずっとあの調子だった。母にどう接していいか、わからないらしい。

その気持ちもわからなくはない。2回も目の前で母が倒れているところを見ているのだ。その心境は複雑だろう。

隼人もまた、そんな妹への接し方を測りかねていた。

すると春希が難しい顔をして唸《うな》る隼人の背中を、勢いよくバシバシと叩く。

「ほら隼人、そんな辛気臭い顔をしない！」

「痛っ、いきなり何すんだよ」

「大丈夫、きっとひめちゃんはきっかけが摑《つか》めないだけだって。ほんのちょっとしたことで今までのようにおばさんに甘えられるようになるから。だから隼人はそれまでお兄ちゃんとしてドンと構えていればいいよ」

「春希……」

そう言って春希はニカッと歯を見せて笑う。

すると不思議なことに、隼人もそんな気になってくる。

「なんならボクもそういうきっかけ作れるように話題振っていくしさ」

「そっか」

隼人も釣られて、笑みを返すのだった。


学校に着いた隼人と春希は、花壇へ向かった。

その途中で同じ場所へと向かうみなもの後ろ姿を見かけ、片手を上げながら「おはよ」と声を掛ける。

するとこちらに気付いたみなもは振り返り、そして隼人を見て目をぱちくりさせた。

「お、おはようございます！　隼人さん、随分と雰囲気が変わりましたね？　びっくりしました！」

「あぁその、昨日、思い切ってちょっと、な……」

「ふふ、素敵でいいと思いますよ」

「もっともおばさんには、色気づいたって思われたみたいだけどね」

「あはっ、おばさんらしいですね！」

「おい春希！　……ったく」

そう言って春希は茶化しつつ、みなもと顔を見合わせ笑い合う。

隼人は少し拗ねた面持ちで「土寄せする」と言って畝に向かった。

文化祭の近付く校内は、始業前にもかかわらずその準備一色に染まっていた。

校舎やグラウンドのあちこちに、屋台を作ったり、資材を運んだり、ポスターや看板を作ったりする光景が広がっている。

隼人たちはそんな普段とは違う喧騒《けんそう》を耳にしながら、いつも通り野菜の世話をする。

「そういや春希、昨日は衣装をあれこれ見に行ったりして打ち合わせしたんだろ？　どうなったんだ？」

「んー、メインの吸血姫《ブリたん》のものは決まったよ、いくつかのバリエーションも含めて。今はその従者の、実際に接客する人の衣装のデザインを詰めてる感じ。実用性とかそういうのを重視してね」

「なるほど、動きにくかったら問題になるしな」

「そういうこと。そういや、みなもちゃんのクラスは何をするか決まった？」

「うちのクラスは自作のプラネタリムに決まりましたよ」

「「プラネタリウム⁉」」

意外な単語に隼人と春希は、思わず作業の手を止め驚きの声を重ねる。

「へぇ、珍しいというか、プラネタリウムって作れるものなんだ？」

「それって投影する装置だけじゃなくて、綺麗《きれい》に映すためのドームとかも作るの？」

「ええ、ネットに作り方の動画とかも上げられてますし、ＪＡＸＡにも段ボールで作るドームのしおりなんてものがありますから」

「「マジで⁉」」

再び驚きの声を重ねる隼人と春希。

春希は早速とばかりにスマホで検索を掛け、「わ、ホントだ⁉」と声を弾ませる。そして画面を見せられた隼人も一緒になって覗《のぞ》き込みながら、「すげぇ！」と驚嘆の声を上げ見入ってしまう。みなもはそんな2人の素直な反応がおかしいのか、くすくすと笑う。

その笑い声で我に返る隼人と春希。

「っと、あぶない。これは見てると時間が溶けちゃうね」

「あぁ。でも実際、プラネタリウムっていい案だと思う。物珍しさもあって他と競合しなそうだし」

「ふふっ、私もそう思います。実は今から出来上がりが楽しみだったり」

「ボクも当日絶対見に行くよ！」

「あぁ、俺も！」

「はい、お待ちしておりますね！」

そうこうしているうちに作業も終わる。いつものようにみなもがささっと道具を片付け纏めると、隼人はそれを横からひょいっと取り上げた。

「っと、それ、俺が返しとくよ」

「え、別に私が――」

「おやおや～？　隼人ってばカッコつけちゃって。なに、もしかして髪型変えたついでにキャラもイメチェンしちゃったりするの～？」

「なっ!?　違ぇって！」

「くすっ、そういうことなら仕方ありませんね」

「みなもさんまで!?」

「ほら、ここはボクたちでやっておくから」

「ではお言葉に甘えて、私はこれで」

そう言ってみなもはくすりと笑い、校舎へと去っていく。

「……ったく」

「あ、ごめんってばーっ」

その後ろ姿を見送った隼人が、少し不貞腐れた顔で部室棟近くの用具置き場へと足を向ければ、春希も追いかけてくる。

そして「怒らないでよ」「別に怒ってねーって」とじゃれ合うことしばし。

隼人はふいに足を止め、真面目な声色になって呟《つぶや》いた。

「……みなもさん、あまりいい顔色してなかったな」

「……うん、いかにも眠れてませんって感じもしたし」

春希も痛切さを滲《にじ》ませた言葉を返す。

先ほどの花壇でのみなもについて思い返す。春希は杞憂《きゆう》かもと言っていたが、先週と比べ顔の血色もよくなければ頬も少しこけていて、明らかにやつれている。寝不足なのもあり、何か悩みがあるのだろう。だが、それが何かわからない。

「……俺たちに何ができるだろ」

「隼人？」

「いや、みなもさんには色々世話になってるだろ？　何かしてやりたいけど、どういう悩みかもわからないし、どうしたもんかってさ」

「そっか。そう、だね……」

そう言って隼人が眉根《まゆね》を寄せれば、春希も釣られて苦笑い。そして人差し指を顎《あご》に当て、うーん、と唸る。

「よし、ここでうだうだ考えても何にもならないし、次に会った時にでもボクが直接事情を聞いてみる！」

「すまん、頼めるか？　もちろん俺にできることならなんでもするし」

「任せてよ！」

そう言って春希はニッと笑みを浮かべ、ドンッと自らの胸を叩《たた》く。隼人も表情を緩ませる。すると春希は身を翻し、隼人には聞こえない小さな声で呟く。

「いつも思うけど、ここでさり気なく『俺たち』って言うところが隼人だよね」

「春希？」

「ううん、べっつにー」

春希から返ってきた声は、やけに機嫌がいいものだった。

教室にやってきた隼人と春希は、そこに広がる意外な光景に思わず顔を見合わせた。

「森《もり》くん、それどこの美容室行ったの⁉」

「誰かに指名とかした⁉　有名な人⁉」

「恵麻《えま》、あんたの彼氏に何があったの!?」

「上手く説明できないけど、明らかに雰囲気が違う。これは美容師さんの腕だね！」

「え、えっとオレは一輝《かずき》に連れてってもらっただけで、詳しくは……」

珍しいことに伊織《いおり》が女子たちに詰問され、タジタジになっていた。少し離れたところでは恵麻も女子たちに囲まれており、時々一緒になって伊織の方を向いては「「「きゃーっ！」」」と黄色い声を上げている。

どうやらクラスのオシャレに敏感な女子たちは、イメチェンした伊織の変貌《へんぼう》っぷりに興味津々らしい。

そして彼女たちの関心が同じ店で髪を切った隼人に向かうのも、想像に難くない。

騒ぎはごめんだとばかりに教室を離れようとした瞬間、目敏くこちらに気付いた伊織が逃がさないとばかりに大きく手を振って声を上げた。

「よぅ、隼人！」

「お、おぅ、伊織」

「そうそう隼人も昨日、オレと同じところで髪を切ってもらったんだ」

「あ、おいっ！」

「「「っ!?」」」

そして伊織は周囲に説明するかのように言う。

するとー瞬にして彼女たちの視線が伊織から隼人に移ると共に、素早く包囲される。

「わ、霧島《きりしま》くんもイメージ全然違う！」

「たださっぱりしただけじゃなくて、雰囲気が今までと変わったというか！」

「そうそう、今までと方向性が似ているようで違うし！」

「ってか、どういう風に切ってくれってオーダーしたの⁉」

「え、えっとその、頼れる兄貴分みたいにって……」

「「「っ！」」」

彼女たちは一瞬言葉を止め、頷《うなず》き合う。

その反応に随分アレな言葉だったかなと思い、隼人は気恥ずかしさから顔を赤くする。

だが彼女たちの反応は、想像していたものとは少し違った。

「うんうん、そう言われるとそうだわ」

「なるほど、確かにおかんから兄貴になった感じだよね」

「ってか森くんもだけど、美容師さんの腕めっちゃすごくない？　高かった？」

「えっと、新作ゲームソフトが1本買えるくらいの――」

そして他にも彼女たちに色々と質問を投げかけられる。

しどろもどろになりながらも店の名前や場所、内装の雰囲気、事前に一輝に予約してもらったことなど、店についての質問に答えていく。

するど次はどうしたわけか、普段の休日の過ごし方やバイトでの様子、いつも家でどうしているかといったプライベートなことへの質問へとズレていく。そんなことを聞いて何が楽しいのやらと思うものの、彼女たちの盛り上がりを見れば、話題を逸らすのも難しそうだ。

ほとほと困って助けを求めるように隣へちらりと視線を送れば、春希はただぼんやりと彼女たちの様子を眺めていた。こちらの視線に気付いた春希は何とも困ったような顔をし、何かを誤魔化すように曖昧《あいまい》に笑った。

昼休みになった。

文化祭も目前に迫ってきたこともあり、午後からは授業がなく、全て準備に充てられている。食事もそこそこに早速準備に取り掛かる者も多く、校内はあっという間にいつもと違った種類の喧騒に包まれていく。

それらを聞きながらぐぐーっと伸びをした隼人は、隣の春希に話しかけた。

「そういや春希、結局教室のステージで歌も唄《うた》うんだっけ？」

「うん、どうせならバンド組んで演奏しようって話になってるよ」

「へぇ、てことはそっちの練習もあったりするのか？」

「あるけど、ボクは当分家で自主練。そのうち音合わせやリハーサルがあると思うけど」

「そうか。すっかりうちのクラスの主役だな」

「まぁね。でもクラスの方で引き籠《こ》もっちゃえばミスコンとか他のステージ企画を断る理由になるし、ポジティブに考えることにしたよ」

「なるほど、そういう考え方も——え？」

そんな話をしていると、ふいに1人の女子生徒にくいっと袖《そで》を引かれた。恵麻ともよく一緒にいる女子バスケ部の1人、鶴見《つるみ》だ。

「霧島くんは料理とかできる人だよね⁉」

「へ？　えーっと、まぁそうだけど……」

「メニューどうするか悩んでるの！　こっち来て、ほら！」

「お、おうっ」

そう告げられ、強引にとある一角に連れていかれる。春希は面食らった様子で周囲をきょろきょろと見回した後、隼人に続く。

途中、伊織と恵麻と目が合った。伊織はステージや内装について、恵麻は接客やバンドの衣装について話し合っているらしく、手一杯のようだ。2人がそっちの方は任せたとばかりに目配せしてきたので、隼人もわかったというように苦笑と共に頷き返す。

さて、この場にいるのは鶴見の他5人の男女。有志で集まった、当日実際に調理を担当する者たちだ。

隼人と春希が席に着くや否や、鶴見を中心にポンポンと意見が飛び出してくる。

「いわゆるコンセプトカフェになるから、メニューも雰囲気を重視したいよね」

「ファンタジーな貴族のお茶会って感じ？」

「てことはケーキやお菓子がメインになるのかな？」

「そのへんはイギリスとかのアフタヌーンティーを参考にすればいいんじゃね？」

「スイーツ系だけじゃなく、軽食としてちゃんとした食事も出したくはある」

「そういやアフタヌーンティーって、サンドイッチもなかったっけ？」

「なるべく多くの種類を出したいよな」

「でも種類が多いと材料を揃えたり、調理を覚えたりするの大変じゃない？」

「それはそうと、件の吸血姫の好きな食べ物とかってあったりするのか？」

「二階堂《にかいどう》さん、何か知ってる？」

「確か公式に卵料理が好きで、辛いものが苦手だって設定があったはず」

「辛いもの……激辛チャレンジメニューとかあってもよくね？」

「でもそういうのって、コンセプトイメージ壊れちゃわない？」

「ん～、微妙なライン。大食いよりかはありとは思うけど」

「でも、そういう遊び心もあるといいよね」

「うんうん、話題作りにもなると思うし」

「むぅ、確かにそうかもだけど」

「じゃあさ――」「それなら――」「でもそれって――」

怒涛《どとう》の勢いで議論が白熱していく。

隼人は次から次へと意見が飛び交い目まぐるしく変わる状況に、目を回す。こんなふうに同世代と行う意見交換は初めてのことで、聞き役に徹して現状を把握するので精一杯。

自然と会話の輪に入って意見を述べている春希とは大違いだ。

すると、ふいに鶴見がこちらに話を振ってきた。

「ね、霧島くんはどう思う？」

「え、えーっと……」

急なことで、何について問われているのかわからない。

隼人は困った顔でガリガリと頭を掻《か》き、少し気恥ずかし気な顔で、素直に胸の内を零す。

「すまん、同世代とこういうことするの初めてでさ、聞き役に徹して話題を追っ掛けるのでいっぱいいっぱいだった」

「「「……ぷっ」」」

皆は隼人の予想外の言葉に目を瞬かせ、そして納得の表情で吹き出す。

「そうだった、霧島くんってば田舎の人だったっけ」

「すっかりクラスに馴染《なじ》んじゃってるし、忘れてたぜ」

「あぁ、だからそういうアイデアとか、求められても頭が回らないな」

そう言って隼人がおどけたように肩を竦《すく》めれば、皆からあははとほのぼのとした笑いが広がっていく。

気を取り直した鶴見が、再度隼人に問う。

「霧島くんに聞きたいのは、料理する人目線の意見なんだ。材料とか手間だとかを考えた時、どういうメニューがいいんだろうなって。ほら、えまりんから喫茶店でバイトもしてるって聞いてるしさ」

「なるほど、そういう……」

ふむ、と顎に指を当て、先ほど出ていた意見と共に、姫子が朝食やおやつにとねだるものや、御菓子司《おかしつかさ》しろでのかき氷やあんみつ、わらびもちといったものに想いを馳《は》せる。

あまり調理に時間がかからないもの、もしくは事前に用意しておけるものだといいだろう。それでいて色々と差を付けられるものといえば――

「パンケーキとワッフルをメインにしたらどうかな？」

「へぇ、どうして？」

「どっちもミックス粉で手軽に作れるし、それに生地にチョコや抹茶を練り込めば違いも出せる。それにトッピングで色んな種類を作れないか？　公式設定の卵好きってところも、カスタードをスタンダードにすればそれっぽくなるんじゃないかなって」

「っ！　なるほど。ワッフルメーカーとか使えば焼くのも難しくなさそうね」

「トッピングはフルーツとか蜂蜜《はちみつ》、チョコソースとかで色々組み合わせられそう」

「和風な感じで餡子《あんこ》やきな粉もありじゃね？」

「あ、ワッフルとかの間に何かサンドしても面白いかも！」

「それだとハムとチーズ、ベーコンレタストマトとか総菜系もありじゃ？」

「カスタードってうちらでも作れるかな？」

「それならジャムも――」「あずきも――」「激辛系チャレンジメニューも――」「ある程度統一しないと、種類が増えてコストが――」「コンセプトに合わせて――」

隼人の提案から具体的な方向性が決まり、それを定めるべく様々な意見が飛び出し議論が交わされていく。そして案を煮詰めるべく、どうすれば見栄えがするか、コンセプトに沿うかといった話に変わっていけば、もう隼人の出る幕はないだろう。これで役目は果たしたとばかりに「ふぅ」と大きなため息を吐き、目の前の状況を眺める。

するとそんな隼人に気付いた鶴見が、ごめんとばかりに片手を上げた。

「助かったよ、霧島くん。おかげで何をどうすればいいのか見えてきた」

「あんなのでよかったのか？　その、ごく普通のことしか言ってないけど」

「いやいや、そんなことないよ！　ベースとなるパンケーキとワッフルって意見も原材料を考えれば納得だったし、生地やトッピングでのアレンジなんて思いもよらなかったし！」

「そっか、それならよかった。まぁ単なるバイトの経験からなんだけどな」

「バイトとかしてないと、そういう発想が出てこないんだって。うーん、なんていうか二階堂さんや森くんも言ってたけど、霧島くんってそういうところ生活力があって頼りになるよね」

「なにせ〝おかん〟だもんな」

「あはは！　けど今は頼れるお兄ちゃんだっけ？」

「うっ！　それはやめてくれ……」

今朝のことを思い返し、顔を赤くする隼人。

鶴見は揶揄《からか》うようににしししと笑ったあと、ふと瞳《ひとみ》に好奇の色を滲《にじ》ませる。

そしてちらりと春希を窺《うかが》い、意地の悪そうな口調で訊《たず》ねた。

「それはそうと、二階堂さんとどうなの？」

「どうって……見た通り別になにもないけど」

隼人にとってはいきなりで、そしてよくわからない質問だった。首を傾げる。

しかし他の皆にとっては違う。鶴見の言葉を耳聡《みみざと》く捉《とら》えた皆は、メニューの話そっちのけで話題に乗っかってきた。

「ん～でもさ、二階堂さんって霧島くんが転校してきてからイメージ変わったよね？」

「そうそう、最初はどこか人を寄せ付けない雰囲気あったし」

「しかもあの容姿で、運動も勉強も完璧《かんぺき》でしょ？　同じ人間だって思えなかった」

「それがまさかソシャゲのキャラをあんなに熱弁するとか！」

「こういう文化祭の出し物とかやってくれるとか思いもしなかったし」

「結構ノリがよくて、たまにネットスラングでツッコミ入れることとかあるよね」

「あ、こないだ例の動画の歌を唄《うた》ってって頼んだら、なんだかんだ言いながらもやってくれたよ」

「……何やってんだ、春希」

「あ、あはは。それは、そのぅ……」

わいわいと春希の話題で盛り上がっていく。話の端々で残念さが滲み出れば、春希があたふたと言い訳をしては笑いを誘う。隼人はそんな露見しつつある素の春希が好意的に受け入れられていることに、頬を緩ませる。

するとこ鶴見が隼人の顔を覗《のぞ》き込み、ジト目を向けた。

「あやしい」

「あやしいって」

「いや、何ていうの？　見守り具合が熟年の後方腕組み彼氏面っていうかさ」

「ま、まぁそこそこ年季の入った友達だからなぁ」

「……へぇ？」

なんとも返答に困る隼人。

すると鶴見との会話を耳聡く捉えた女子の1人が、真剣な声色で呟《つぶや》いた。

「霧島くんが彼氏か……実際頼りになりそうだし、ありかも？」

その言葉で聞き耳を立てていた他の女子たちも集まり、便乗してくる。

「確かに。さっきのメニュー決めも説得力あったよね」

「今までおかんってイメージ強かったけど、こうして見るとお兄ちゃんって感じだし」

「たまにさー、他のクラスの子に霧島くんのこと聞かれるんだよね」

「あーしも！　特に文化祭の準備始まってから多いねー」

「そうそう、さりげなく物を運ぶのを手伝ってくれたりとか、シャツの裾《すそ》を破いたり汚したりしたら、繕ってくれたりするって」

「うんうん、頼りになるよね」

「へ？　へぇ……隼人くん？」

彼女たちの言葉に虚を衝《つ》かれた様子の春希が口元を引き攣らせ、どういうことだと詰め寄ってくる。

隼人はそれに呆《あき》れたように言葉を返す。

「そりゃ、男子でも重そうな荷物抱えてふらついてたら手伝うだろ、人として」

「男子の？」

「当たり前だろ？」

確かに彼女たちの言っていることには覚えがあった。しかしその相手は全て男子だ。さすがにクラスメイト以外の見知らぬ女子に声を掛ける度胸はない。

何とも言えないジト目を向ける春希に、苦笑を返す。

そんな中、鶴見は腕を組み、にやにやしながら春希を見て頷《うなず》いた。

「でもそういうところが女子的にポイントが高いよね」

「そうそう、さりげなく自然とやっちゃうところとか特に」

「ってか、二階堂さん。こうして髪とかちゃんと整えた霧島くんって、見た目も結構イケてるよね？」

「っ⁉　まぁ、その、随分と垢抜《あかぬ》けた感じにはなったと思いますが」

「これなら放っておかない女子とか出てきそうじゃない？」

「ぶっちゃけ、隠れた優良物件だよねー」

「でも、２人ってただの友達なんだよねー」

「じゃあさ、私が狙っていい？」

「…………え」

それはあからさまな冗談や揶揄いだった。隼人でもわかる。

しかし春希は間の抜けた声を漏らし、目を泳がす。それを見た彼女たちも、にやにやと笑みを深めていく。隼人もこめかみを押さえる。

春希はしばし顎《あご》に手を当て何か考え込んだかと思うとスッと目を細め、咎《とが》めるような視線を向けてきた。

「な、なるほど、隼人くんはこの機に他のクラスの女の子と仲良くなろうと思って、オシャレに目覚めたわけだと」

「なんでそうなる」

「そりゃあ、お年頃ですもんね？　気になる女の子の1人や2人、いても全然おかしくないですし？」

「っ！　べ、別にそういうんじゃ……」

気になる女の子。

その言葉で一瞬、沙紀を思い浮かべてしまった。

さすが幼馴染《おさななじみ》というべきか、隼人のその些細《ささい》な変化と動揺を見抜く春希。

するとどんどん不機嫌になっていき、そしてぷいっとそっぽを向く。

「ふぅん？」

「あ、おい春希！」

「べっつにー？　隼人が誰と付き合おうがボクには関係ないしー？」

「だから、そうじゃないって！」

サッと立ち上がり、教室の外へと向かう春希。慌てて後を追うも時すでに遅し。

揶揄っていた女子が「二階堂さんの『ボク』もいただきました！」と囀《さえず》る隣で、「あの必死さ、霧島くんってば浮気《うわき》がバレた亭主みたい」と零せば、くすくすという忍び笑いが教室に広がる。隼人は「うぐっ」と声を詰まらせる。

そして女子たちが「まぁまぁ男子って――」「色んな子に目がいくのは――」「でも実際かなりレベル高――」「狙い目の物件なのは確か――」とあれこれ囁《ささや》けば、表情を目まぐるしく変える春希を中心に盛り上がっていく。

居た堪れなくなった隼人が渋い顔を作って女子の集団を眺めていると、廊下から「二階堂さんいる⁉」という大きな声が響き渡った。

皆の注目が一気に教室の入り口に集まる。

そこにいたのは最近すっかり見慣れた生徒会のメンバー、白泉先輩。

春希の姿を見つけた白泉先輩は、にぱっと笑顔を輝かせ手を上げながら駆け寄ってくる。

「いたいた！　ね、二階堂さん、ちょーっと今ピンチで！　悪いんだけど委員の方、手伝ってくんない⁉」

「え、えーっと、でもその、クラスの準備が……」

逃がさないとばかりに春希の手を握りしめる白泉先輩。春希は助けを求めるように周囲を見渡すも、クラスメイトたちもなんとも困った顔を返してくるのみ。

しばし何とも言えない空気が流れる。

するると春希を囲んでいた鶴見が、皆を代表するように口を開く。

「こっちは今しがた終わりましたので、今日はもぅ大丈夫ですよ」

「わ！　てわけで二階堂さん、お願い！」

鶴見がそう答えれば、白泉先輩はパァッと顔を輝かす。

確かに彼女の言う通りだ。しかし春希は何ともいえない硬い表情になる。

そんな春希と目が合った。気持ちは何となくわからなくもないが、これだけ大々的に文化祭の準備がなされていると、それだけアクシデントも多いのだろう。隼人も困った様子で肩を竦《すく》める。

すると春希は「はぁ」とあからさまに大きなため息を吐き、白泉先輩へと向き直った。

「わかりました！　で、何をすれば――」

「よかった！　早速だけどこっちに来て！　書類仕事が溜《た》まっちゃって、どこに何があるかわからなくて、もー大変で！」

「みゃーっ⁉」

答えるや否や、白泉先輩は春希を引き摺《ず》るようにして連れ去っていく。

後に残された隼人はやれやれと苦笑いを零し、周囲の空気も緩む。

するとそのタイミングを見計らって、伊織が声を掛けてきた。

「隼人、今手が空いてる感じ？」

「さっき春希が言った通り」

「そっか。なぁ鶴見、これから買い出し行くんだけど、隼人借りてっていい？」

「え、あ、うん。いいよ」

「てわけで行こうぜ」

「おぅ」

隼人はそれじゃあと鶴見たちに軽く片手を上げ、伊織たちと共に教室を後にした。

普段なら授業中の時間だが、がやがやと騒がしい非日常的な光景の廊下を、文化祭への期待と高揚感に心を浮き立たせて歩く。

すると途中でみなものクラスの前を通りかかった。

みなものクラスの前には多くの段ボールが積み重ねられており、その廊下では図面と睨《にら》めっこして大きな定規とメジャーを片手に線を引くクラスの人たちが目に入る。プラネタリウムのドームを作っているようだ。

歩きながら、ちらりと教室を覗く。

その中には机を寄せ、クラスメイトたちと議論を交わすみなもの姿があった。

図書室で借りてきたであろうギリシャ神話の本を広げ、皆一様に真剣な面持ちで、時には談笑を交えながら話し合っている。おそらく投影機で映す星座のナレーションについての打ち合わせをしているのだろう。その顔は真剣で、陰りは見られない。それにあの様子なら、もし不調をきたしてもクラスの誰かが対処してくれるだろう。

隼人は少しばかり安堵《あんど》の息を吐きつつ、前へと向き直る。

すると、ふいに廊下の窓から見えるグラウンドで、生徒たちが何かを言い争っていた。察するに、どうやら屋台の位置で揉《も》めているらしい。彼らは剣呑《けんのん》な空気を振《ふ》り撒《ま》き、他の作業をしている人たちも遠巻きに見守っている。

「……ぁ」

そこへ白泉先輩が何人かを連れて颯爽《さっそう》と現れた。その中には先ほど連れていかれたばかりの春希の姿も。

白泉先輩は彼らを宥《なだ》めると共に、てきぱきと指示を出して春希たちを動かし、あっという間に事態を収拾させていく。

見事な手際だった。一部始終を眺め、思わずほぅ、とため息を吐いてしまうほどに。

その中でも春希の動きは、指示の意図を的確に汲《く》み取ったのか、一際機敏だった。舌を巻くほどだ。隼人には真似できないだろう。喜んだ白泉先輩が、春希を称えるように頭をわしゃわしゃとさせれば、眉根《まゆね》を寄せる。

「どうした、隼人？」

「っ！　と悪ぃ、伊織。ちょっとアレを見ててな」

「うん？　……あぁ」

するとと、訝《いぶか》しんだ伊織が声を掛けてきた。どうやらグラウンドの様子を見ている間に、少し集団から遅れていたらしい。視線を窓の外へと動かしその理由を説明すれば、伊織も納得して苦笑を零す。

その時、校舎から白泉先輩の方へ何人かが駆け寄ってきた。二言三言何かを話すや否や、白泉先輩は春希たちを伴い移動し始める。今度は別のところでまた何かアクシデントが起きたらしい。

「大変そうだな、二階堂さん」

「あぁ、さっき人手が足りないとは言っていたけど」

「やっぱり、生徒会入るつもりなのかな？　指定校推薦とか奨学金とかで有利になるって話を聞くし。隼人、その辺のこと何か聞いてるか？」

「さぁ、特になにも。それよりも急ごう、はぐれちまった」

「っと、そうだな」

隼人は胸に渦巻くもやもやとしたものを振り払うように小さく頭《かぶり》を振り、皆の後を追いかけた。

やってきたのは、学校から2駅ほど離れたところにある、ホームセンターだった。

都会のホームセンターは横ではなく上に伸びたビルで、洗練された外観をしている。

隼人のよく知るやたら広大で、大規模な駐車場を備え、屋外には充実した園芸コーナーが特設されているものとはイメージが大きく違い、思わず見上げてぽかんと口を開けてしまう。

そこへ伊織が声を上げた。

「とりあえず、先に買い出し済ませちゃおうぜ」

「あぁ。そういやここへ何を買いに来たんだ？」

「看板用の木材に内装用の布地、それから大きな紙……これってどこで売ってるんだ？　文房具とは違うよな？」

「画材コーナーじゃないか？　なかったらお店の人に聞けばいいだろ」

「それもそうか。木材はＤＩＹ、布地は手芸用品、えぇっと近いのは――」

伊織に先導される形で、皆と共にホームセンターへ足を踏み入れる。

内装も田舎の打ちっぱなしのコンクリートの壁や配管剝《む》き出しの天井ではなく、雑貨、手芸、専門的な工具など取り扱う商品ごとに特色を出したオシャレな飾りつけがなされており、目にも楽しくわくわくしてしまう。

それは隼人だけでなく伊織や一緒に来たクラスメイトたちも同じようで、そわそわと普段は見かけないものを興味津々に見回している。

「うわ、アレってホッチキス⁉　あんな大きいの見たことないぞ……製本用かぁ。こっちは針のいらないホッチキス⁉」

「シルバーアクセサリー自作キット⁉　なにそれ気になるんですけど！」

「まるまるハロウィン特集フロア、何か参考になるかもだし、あとで行ってみない？」

「業務用圧力釜《あつりょくがま》にノンフライヤー……あ、あの包丁研ぎ器あったら便利かも！」

また、他のクラスや上級生と思しき生徒たちの姿もあった。同じように買い出しに来ているのだろう。彼らも隼人たち同様、売っているものを物珍しそうに見ながら話に花を咲かせている。それとなく見ていると、やけに男女で盛り上がっている様子が目につく。

なるほど、この状況は意中の相手と距離を縮める絶好の機会なのかもしれない。いつもはあまり話さない人たちと、普段しないような話をするせいか、独自の盛り上がりを見せている。

誰も彼もが文化祭の準備という非日常に浮かれていた。

だからクラスメイトの１人は、本来なら言わないようなことを口にした。

「なぁ、霧島って結局、二階堂さんとどうなのさ？」

隼人は、あぁここでもかと苦笑する。こういった類の話は皆の関心の的なのだろう。

しかしそれだけ春希と特別な仲だと思われるのは、悪い気はしない。

「どうも何も、ただの友達だよ」

「そっかー。じゃあ付き合ってるとかじゃないんだ？」

「あぁ」

「ならオレ、告ってみよっかなー」

「………へ？」

思わぬ言葉に、つい素《す》っ頓狂《とんきょう》な声を上げてしまう。

そして隼人を置いてけぼりにして、彼を中心にその話題で盛り上がっていく。

「わはは、お前じゃ無理だろ！　あの海童《かいどう》だってフラれてんだぜ？」

「特に二階堂さんと仲が良いとか、そういうのでもないんでしょ？」

「でも言わなきゃ可能性はゼロじゃん？　せっかくの文化祭だし、思い出作りにもなるしさ」

「えー、私だったら思い出作りとか、そんな軽い気持ちで言われるの嫌かもー」

「あと、いつも傍にいる霧島くんってさりげない行動イケメンだよ？」

「それに比べてお前ときたら……」

「うぐっ」

彼を中心に笑いが起こる。

バツの悪そうな顔をしていた彼だが、少しばかり真剣な様子で呟《つぶや》く。

「でも実際のところ最近の二階堂さんって、以前よりずっと可愛くなってないか？」

「それは……」

「……ちょっとわかるかも。ソシャゲとか熱く語るところとかさ」

「笑顔がさ、なんか自然体というか柔らかくなったし」

「最近たまに子供じみた悪戯《いたずら》っぽい笑みを見せる時あるよな」

「あぁ、それ！　あれはグッとくるよな！」

「何度かドキリとしたことあるわ！」

「もし自分に向けられたらと思うと、やべぇよな！」

「っ！」

思わず息を呑む隼人。

春希が小さい時から見せていたその顔は、自分だけが知っているものだと思っていた。なんだか大切なものが奪われたような錯覚に陥り、胸にもやもやしたものが生まれる。

その間も彼らは春希についての話題をどんどん膨らませていく。その声は真剣な色を帯びており、冗談を言っているようには思えない。眉間《みけん》の皺《しわ》が深くなる。

すると隼人の様子に気付いた伊織が、真剣な声色で言う。

「実際、この機にかこつけて二階堂さんに告ろうってやつ多いかもな。ほら、後夜祭の」

「あ、それってステージイベントの公開告白だっけ？」

「そういや部活の先輩が、後夜祭で叫ぶとか言ってたな」

「確か、成功して顔が赤くなればなるほど幸せになれるってやつ？」

「そう、それそれ」

「でも失敗すると、残りの高校生活で恋人ができなくなるってジンクスもあったっけ」

「え、それマジ？　初耳なんだけど！」

「普通に考えて誰が好きか周囲にバレるんだから、誰も寄ってこなくなるでしょ」

「う、その通りだなぁ。幸せになれるってのは、差し詰め公認カップルになるからか」

「こうして聞くと現実的な理由だなぁ」

「それでも去年は2年の高倉《たかくら》先輩へのそれがすごかったらしいね」

「あぁ、演劇部のすっごい美人の！」

「なんかすごい騒ぎになっちゃって――」

「それって――」

「……」

その会話を唖然《あぜん》として聞く隼人。

春希がモテるということは、頭ではわかっていた。とはいえ具体的に、目の前でアプローチすることを語られると、どう反応していいかわからない。表情が険しくなる。

そんな隼人の顔を覗《のぞ》いた伊織が、揶揄《からか》うように口を開いた。

「こりゃうかうかしてられないな、隼人」

「っ！　別に、俺は、その……」

「誰かに言い寄られるのが気に入らない、って顔してるぜ？」

「まぁ、今までそういう風にならないよう気を付けてたみたいだし、大丈夫だろ」

「今はそうかな？」

「……伊織？」

　すると一転、少し困ったような顔をする伊織。隼人も訝し気な顔を返す。

「今までの二階堂さんは確かに高嶺《たかね》の花《はな》というか、他人を寄せ付けなかった。けど、今は違う。ここ最近はすっかり身近な人になっちまった。もしかしたら、とぐいぐい迫ってくるやつとか出てきてもおかしくない」

「それは……」

「何かあるとめんどくさいぞ？　先日の恵麻とのこともそうだったけど、ほら、一輝もそれで中学時代色々揉めたわけだし」

「……」

　もっともな意見だった。反論も思いつかない。恵麻や一輝の件を例に挙げられたら、なおさら。今まで素の春希が受け入れられていくのは良いことだと思っていたのに、一度考えだすと胸が嫌な感じにざわついていく。

　伊織はふっ、と苦笑を零して隼人の肩を叩《たた》いた。

「ま、頑張れ」

そう諭すように声を掛け、皆と共に売り場に向かう。

隼人は憮然《ぶぜん》とした顔で内心、何をだよ、と毒づき後を追った。


買い出しは渡されたメモに従い、速やかに終わった。購入したものはさほど重いわけではないが嵩張《かさば》るものが多く、皆で手分けして持つ。

後は帰るだけだが、皆の興味は他の売り場へと向いていた。

空気を読んだ伊織が、苦笑しつつ皆に向かって言う。

「後は自由行動にしようか。幸い今日買ったものはすぐには必要ないみたいだし、門が閉まる前に戻ればいいだろ」

その途端、歓声が上がり、それぞれ興味の赴くフロアへと去っていく。

伊織本人も、いそいそとどこかへ向かう。

隼人も先ほど気になっていたキッチン用品コーナーへと足を向けた。

そこには鍋《なべ》やフライパンといった定番のものから、一体何に使うのか外見からは予想もつかない物珍しいものまでディスプレイされており、眺めているだけで気分が高揚してくるのがわかる。

「圧力釜といっても色々種類が……お、このスパイスラック、細々としたものを片付けられていいかも。けど、1万円近くはちょっと躊躇《ためら》うな。こっちのにんにくスライサーはまな板使わなくていいのは便利そうだけど、にんにくのためだけにっていうのは……む、この冷蔵庫用回転台は悩ましいな！　奥に入れたものを引っ張り出すの、いつも苦労するし！」

興味を引かれたものを手に取り、使うところを想像してみる。そんなことが中々楽しい。

いくつか気になるものがあったがそれなりに値が張り、生活費用の財布から出すのも躊躇われたので、一旦《いったん》保留にする。今度皆と一緒に来て、意見を聞いてもいいかもしれない。

そんなことを考えていると、自然と頬も緩む。

一通りキッチン用品コーナーを堪能《たんのう》した後、他にも何か興味を引くものがないか見て回る。平日だが店内には手帳を物色するサラリーマン、工作道具を見繕う職人と思しき男性、手芸や雑貨を見て談笑する年嵩《としかさ》の女性たちなど、それなりの数の利用客がいた。

そんな中、制服姿で浮きたった足取りでうろちょろしている学生の姿が散見される。店側としても、この時期に訪ねてくる学生は珍しくはないのだろう。心なしか店員から向けられる視線は温かい。自分もその中の1人だと思うと、苦笑が零れる。

さて、それはそれとして時間にまだ余裕はある。次はどこを見てみようか？

そう思って周囲をきょろきょろしていると、見知った後ろ姿が見えた。伊織だ。

伊織にしては珍しく真剣な様子で、時折唸《うな》り声を上げながら何かを真剣に検討しているようだ。それがやけに気になった隼人は、反射的に声を掛けた。

「伊織、どうしたんだ？」

「っ⁉　て、隼人か。ビックリした。ええっと、これは……」

「……指輪？」

思いもよらないものだった。そんなものまで売っているんだという驚きもあるがしかし、あぁと納得もした。

伊織は少し気恥ずかしそうにしながら、答え合わせのようにその理由を話す。

「まぁ恵麻とも付き合って結構長いし、ほら、文化祭って外部からも色んなやつがやってくるだろう？　だからその、ナンパ除けにというか、いい機会というか」

「なるほどな」

「値段もピンキリだけど、案外手が届かないってわけじゃないし、気になって」

「そっか」

伊織が不安に思う気持ちはわからないわけでもない。隼人が優しい目を向ければ、伊織はぽりぽりと人差し指で頰を掻《か》き、視線を逸らす。

アクセサリーを異性に贈るというのは非常に大きな意味を持つ。その経験がない隼人には特に何か言えることはなく、ここにいても伊織の邪魔になるだけだろう。

隼人は軽く手を上げ「頑張れよ」と言ってその場を離れると、「おぅ」という照れを含んだ伊織の声を背に受けつつ、周囲を見回してみた。

指輪以外にも貴金属を使った様々なデザインのペンダントやイヤリング、ブレスレットといったアクセサリーがいくつも陳列されている。

照明を受けて絢爛《けんらん》に輝く様は、まるでケースの中で瞬く星々のよう。

きっとこれらは身に付けた者をその光で彩り、より魅力を引き出してくれるのだろう。

だからふと、それらで飾り立てた身近な少女たちのことを想像してしまった。

数多《あまた》の表情や姿を見せる春希なら、どんなものでも自分とアクセサリーの良さを十分に引き出すに違いない。さながら色んな顔を見せ、それぞれの魅力がある月のように。

そのどれもが似合いそうなだけに、苦笑を零す。

一見線が細く色白な沙紀はしかし、幼い頃から見ている巫女《みこ》舞だけでなく、転校を機にぶつけてくるようになったまっすぐな言葉からも感じられるように、しっかりとした芯《しん》がある。

あり鮮烈な輝きを放っている。まるで、太陽のように。

ならば沙紀には、自らの煌《きら》めきに負けないようなものや、その光をさらに引き立てるようなものがいいだろう。

ふと、誕生石コーナーというところが目に入った。

それを見て春希が3月生まれだということを思い出し、その一角にあるアクアマリンのアクセサリーのどれが似合うだろうかと眺めつつ、じゃあ沙紀は——と思ったところで、誕生日を知らないことに気付く。

そんなことも知らないことに愕然《がくぜん》とする。自ら知ろうとしなければ、つい最近まで春希の誕生日も知らなかったことを思い返す。

もう過ぎたのだろうか？　まだなのだろうか？

自分の誕生日だけ祝ってもらい、沙紀だけ祝わないというのはないだろう。そして知らなかったら、率直に聞けばいいということに思い至る。最近の沙紀に、倣って。思わず自嘲《じちょう》が零れる。どうやら沙紀にも色々感化されているようだ。

すると今度はどんなプレゼントがいいかと気になってきた。この間、月野瀬で風邪をひいて世話になった時のお礼で、散々頭を悩ませたのも記憶に新しい。

目の前に広がるアクセサリーの中には、確かに沙紀に似合うものがあるだろう。

しかし、女の子にこういったものを贈るというのは、特別なことだ。

軽々しく贈るようなものではない。つい先ほど、伊織が恵麻に指輪を選んでいるのを見ていたから、なおさら。

しかし、贈りたいかどうかと問われれば――

「――ふぅ」

考えるとドツボに嵌《はま》りそうになった隼人は、何かを誤魔化すようにガリガリと頭を掻き、大きな息を吐く。

するとその時、小柄な女子が目の前をぱたぱたと通り過ぎた。みなもだ。

小柄なみなもはプラネタリウムで使うと思しき黒い大きな紙に視界を塞《ふさ》がれつつ、メモを見ながらふらふらきょろきょろと周囲を見回している。

何かを探しているようだ。買い出しだろうか？

しかし周囲にはみなもの他には誰もいない。首を傾げるものの先ほどの様子を見るに、無理矢理押し付けられたというわけではないだろう。

だが妙な既視感があった。しばしジッと眺めていると、みなもの目の下に隈《くま》があることに気付く。ハッと息を呑《の》む。

改めてみなもを見てみれば、忙しなく動く姿は急いでいるわけでなく、まるで何かから逃げているように見え——そして幼いはやと《かつての自分自身》と重なっていく。「あぁ」と苦みの交じったため息を零し、隼人はくしゃりと顔を歪《ゆが》ませた。

どうしてかつての自分と重ねたかは明白だ。今朝の春希の言葉も蘇《よみがえ》る。

そして同時に思い返すのは5年前、母が一度目に倒れた時のこと。

寝不足と焦燥感に彩られたその顔は、きっと何かをしていないと不安や恐怖で押しつぶされてしまいそうになるからなのだろう。

気付けばみなもの下へ駆け寄っていた。そして彼女が持っている荷物をサッと手に取る。

「みなもさん、それ、俺が持っておくよ」

「え、隼人さん……？」

いきなり現れた隼人に驚き、目をぱちくりさせるみなも。

何か言いたげに口を開きかけるが、隼人は何も言わせまいと矢継ぎ早に言葉を続ける。

「他にも買うものあるんじゃないか？　これ邪魔になるだろうし、だからその間ね」

「え、あ、はい。あとカラーセロハンだけなんですけど」

「あぁ、光に色を付けるやつ。……って、それ、どこで売ってるんだ？」

「私も普段あまり縁がないものだから、どこにあるのかわからず困っていて……」

「なら店員さんに聞いてみよう。すみません――」

「あっ」

隼人は言うや否や近くで品出ししていた店員を摑《つか》まえ、カラーセロハンの売り場を聞く。

文具コーナーという意外な返答に驚きつつも足を向け「行こう」と声を掛ければ、呆気《あっけ》に取られていたみなもも慌てて追いかけてくる。

そしてエスカレーターで1つ階を下ってすぐのところに、文具コーナーがあった。

「俺はここで待ってるから、買ってきなよ」

「はい、すみませんっ」

隼人がそう言って促せば、みなもはパタパタと小走りで売り場へ駆けていく。その後ろ姿には、やはりどこか余裕のなさが感じ取れた。

するとの中でかつての気持ちが蘇り、胸を掻き乱す。ぎゅっと制服の胸の辺りを掴み、ふぅと息を吐き出す。

「お待たせしました！」

心を落ち着かせようとしていると、みなもが戻ってきた。

隼人は咄嗟《とっさ》にいつもの顔を取り繕おうと試みるがしかし、やけに強張ってしまった顔は元に戻らない。みなもに見られないよう、くるりと背を向ける。

「時間も時間だし、さっさと学校に戻ろっか」

「はいっ。あ、私の荷物……」

「ついでだし、このまま俺が運ぶよ」

「でも」

「いいから」

「…………」

そう言って隼人は足早に外へと向かう。声が硬くなっている自覚はあった。

みなもはそれ以上何も言わず、ただ後ろを追ってくる。

店を出れば西へと傾いた太陽が揺らめいているのが見えた。

行きはクラスメイトと騒ぎながら歩いた道をしかし、帰りはみなもと一緒に無言で歩く。

大通りの歩道のアスファルトをザッザッと蹴飛《けと》ばす規則正しい音。そのすぐ傍では多く

の自動車が絶え間なくエンジン音を喚き立て、排気ガスを撒《ま》き散《ち》らしながら行き交ってい
る。
胸の中には思い出してしまった焦燥、歯痒《はがゆ》さ、無力感といったどろりとした感情が渦巻
いていた。今のみなもを見ていると、どうしてもかつてのことを思い起こしてしまう。
あの時は何もできなかった。
倒れている母にも。
心を閉ざしてしまった妹にも。
それでもなんとかしたくて色々試みてみるも、やったことは空回りするばかり。
思えば都会に来てからもそうだ。
春希のことも。
一輝のことも。
力になりたいのに、結局何もできずじまい。
そんな自分が情けなく、その思いを振り払おうとすれば自然と足取りが速くなる。
するとその時背後から、「ふぅっ、ふぅっ」という少しばかり息を切らす声が聞こえて
きて、そこでようやくみなもと一緒だったことを思い出す。女子の中でも小柄なみなもと、
男子でも背の高い方の隼人とでは歩幅も随分違うだろう。バツが悪くなりちらりとみなも
を見て――息を呑んだ。

「っ！」

俯《うつむ》く顔には影が差し、まるで自分が何かやらかしてしまったのかと己を責めているかのよう。

それはかつて母が倒れた時のひめこや出会ったばかりのはるきにどこか通じるものがあり、それが余計に隼人の胸を軋《きし》ませ——そしてそんな顔をさせている自分自身が無性に許せなくなって、荷物を持った手で額をゴツンと強く打ち付けた。

「あぁ、くそっ——痛ぅー……」

「は、隼人さん⁉」

「ごめん、みなもさん。ちょっと昔のイヤなこと思い出しちゃって……それで感じ悪い態度を取ってしまった。許して欲しい」

「そんなっ！　許すとか私は別に……それより、イヤなことって……」

「それは……」

みなもが隼人を気遣って心配そうな顔を向けてくる。

隼人はどう言ったものかと「あー」と母音を口の中で転がす。

適当に誤魔化すことも考えた。しかし先ほどの自分の何かありましたといった態度を鑑みるに、そんなことをするのは不誠実だろう。

また、みなもは母の事情も知っている。

それにきっと――

「俺が料理するようになったのってさ、5年前に母さんが一度目に倒れた時だったんだ」

「……ぁ。それって必要に迫られて……」

「いや――」

隼人はそこで言葉を区切り、自嘲すると共に首を横に振る。

「周りの人たちからご飯の用意するよっていう申し出はいくつもあったよ。田舎だからさ、皆が顔見知りだし心配してくれて……だけど、断った。当時の俺はそれを受け入れられなかった。だって、何かをしている時だけは不安や寂しさを紛らわせたから。……そんな自分勝手な理由で、差し伸べられた手を払いのけたんだ」

「隼人、さん……」

「それだけじゃない。妹も母のことがショックでふさぎ込んじゃってさ、何とかしようとしても上手くいかなくて……ははっ、結局そっちは沙紀さん、妹の親友がなんとかしてくれたんだけどな」

「………………」

一度吐き出してしまったが最後、胸の奥底にあった想いは、言葉となって止めどなく零れ落ちていく。自らの無様さを謳《うた》った愚痴となって。

いつだって何もできなかった自分に嫌気がさす。

みなももどう答えていいのかわからず、困った顔をしている。

あの時は相談できる同世代の友達が1人もおらず、どうしようもなく1人だった。

だから、思うことがある。もし、はるきがいたら、どうだったのかと。

「もし――」

もし、ここで春希ならどうするだろう？

春希は特別な――相棒《特別な友達》だから。いつだって隼人のできないことをやってのけてくれる。

それに春希ならみなもと同性で、お泊まりもしている仲だ。春希《相棒》のことだから、きっかけさえ摑《つか》んでみなもと一緒になれば悩みを聞きだし、そのままなんとかしてくれるかもしれない。そんなことを思うと、頰も緩む。

隼人は自然と零れた笑みをみなもに向けた。

「もしよかったらさ、今度みなもさん家《ち》に春希とか誘って遊びに行っていいかな？」

「……へ？　私ん家《ち》ですか……？」

「あぁ、久々におじいさんにも怒鳴られたくなっちゃってね」

「まぁ！　でも誰かが訪ねてくると、おじいちゃんも喜ぶと思います！」

唐突な隼人の提案にみなもは目をぱちくりさせた後、破顔する。

隼人は努めておどけた態度でみなもに話しかける。

「ところでこの前クリームシチューを作ったんだけどさ、牛乳と間違えて飲むヨーグルトを入れちゃって」

「あはっ、パッケージ似ていますもんね。それで、どうしたんです？」

「慌ててカレーに変更して誤魔化したよ。まぁ、何で具材がブロッコリーや鮭なんだって不審がられたけどさ」

「ふふっ、それって――」

「まぁ、よくある――」

そして隼人はせめて今この時だけでもと、明るい話題で笑顔を咲かせるのだった。

第７話　彼女の想いが向かう先

文化祭実行委員の部屋は、部活棟でも一際大きな生徒会室があてがわれていた。慣例として、生徒会副会長が文化祭実行委員長を兼ねているからだ。生徒会業務で使う区域をパーティションで区切って隅に追いやり、確保したスペースには長机がずらりと並んでいる。

その生徒会室では今、緊迫した空気が流れていた。

何人もの実行委員たちが、はらはらと入り口付近を見守っている。

「ご、ごめんなさい、こちらの発注ミスで……すぐに各所に声を掛けて調整を行いますので、そのっ！」

「あぁ、その、わかってくれればいいんだ。だから、ええっと、頭を上げてくれ！」

春希《はるき》は今にも泣き出しそうなほど目尻《めじり》に大粒の涙を湛《たた》え、肩を震わせつつぎゅっとスカートの裾《すそ》を摑む。その職務に忠実たらんと気丈に振舞う姿はまさに健気。見た目も清楚《せいそ》可憐《れん》な春希にそんな風に言われれば、なおさらそう感じることだろう。

最初は怒り心頭といった体で怒鳴り込んできたガタイのいい男子生徒も、まるで自分が春希を苛《いじ》めているのではと錯覚し、おろおろと必死になって春希を宥《なだ》めようとする。

「人手が、……というのは言い訳ですね。できるだけ早く対処しますので、少しお時間くださいっ！」

「お、おぅ。べ、別に今すぐ必要ってわけじゃないしな、うん。ゆっくりでもいいよ」

「そんなっ！　こちらのミスなのにっ」

「い、いいから！　それじゃもうオレ、行くから！」

　そう言って男子生徒はそそくさと去っていく。

　彼を見送り、春希が「ふぅ」と大きなため息を吐き生徒会室の扉を閉めるのと、パチパチと拍手が贈られるのは同時だった。

　そしてやけに上機嫌の白泉先輩が、ぎゅっと春希に抱き着き頬擦りしてくる。

「やー、助かったよぅ二階堂《にかいどう》さん！　あいつ、去年もちょっとしたことで怒鳴り込んできてさー、何度も言い争いになったんだよねー」

「そんな厄介な人、私に押し付けないでくださいよ……」

「あっはっは、私が出ると喧嘩《けんか》になるだけだし！　てかパイプ椅子が足りないくらいクラスの椅子でどうにかしろってーの！　そう思わない？」

「それはまぁ、確かに」

　容易にその光景が想像でき、思わず苦笑する。

　すると白泉先輩は、しみじみといった様子で言う。

「でも二階堂さんはクレーム処理も上手い、というか多才だよね。昼間グラウンドの境界で揉《も》めた時はサッと数字を出してクールな感じで理路整然と説明してくれたし、体育館の練習時間の衝突は一喝して収めたし。ついさっきのは泣き落とし？　だし」

「相手を見て、それぞれ一番効果的な方法を選んだだけです」

「いやー、普通そういうのできないって！　でもおかげで私だけじゃなく、皆も随分助けられちゃってるし！」

　白泉先輩が「ねーっ？」とばかりに他の実行委員の人たちに同意を求めれば、「オレの代わりに上手に説明してくれて助かったよ！」「私が涙目になってるところに颯爽《さっそう》とやってきてくれてカッコよかった！」「後輩だけど頼りになるというか、自分も負けてらんないってなっちゃう！」という賞賛の声が上がる。

　春希としてはいつも通り相手に合わせただけのこと。それでもこうやって褒められれば、少し気恥ずかしいものの悪い気はしない。

　そして白泉先輩はぎゅっと両手を取り、きらきらと期待に輝く顔を近付けてきた。

「二階堂さん、やっぱり文化祭実行委員、いや、正式に生徒会に入ってよ！　適任だって！」

「えっと、それは……」

「ほら、他のメンバーともなんだかんだで顔見知りになってるしさ、たまにいつ入ってきてくれるんだろーって話してるんだよねー」

「ありがたいお話ですけど、今回はクラスの出し物にメインで出ることになったので当日顔を出せませんし、今の時期のお手伝いだけで……」

「ええ〜っ⁉」

春希がやんわり遠回しに断ると、白泉先輩は子供っぽく拗《す》ねた顔をして唇を尖らせる。

周囲からも「二階堂さんって生徒会役員じゃなかったんだ……」「体育祭の時も運営で走り回ってるのを見てたから、てっきり」「会長選に出たら投票するよーっ！」「むっ、私のライバルになるね！」といった声が上がる。

その様子を見た春希は、申し訳なさそうに顔をくしゃりと歪《ゆが》ませた。

思えば白泉先輩との付き合いも長い。隼人《はやと》と再会する前、5月に体育祭実行委員になった時からだ。

目的はもちろん生徒会入り。

良い子であろうとして。

また指定校推薦など、内申点稼ぎという打算から。

当時はその道を歩むことに何ら疑問も抱かず、そうすることが最善だと信じて疑わなかった。事実、皆の目にも絵に描いたような理想的な優等生として眩《まばゆ》く映っていたことだろう。今、この生徒会室で向けられている視線のように。

ふと先ほど生徒会室に戻ってくる時、渡り廊下から見えた隼人の姿を思い返す。伊織《いおり》たちクラスメイトの男女数人と、和気藹々《わきあいあい》と話をしながら買い出しのために校門を出ていっていた。

それはどこにでもあるような、ごく普通の高校生グループの姿。

だというのに、どうしてあの輪の中に自分がいないのだろう？

……そんなの、わかりきっている。

これは自分が蒔《ま》いた種。自ら生徒会に入ろうと画策しておきながら、今になってのらりくらりと躱《かわ》していることが、ひどく不誠実に思えてしまう。

だが、ふと生徒会に入った時のことを想像してみる。

いつも慌ただしく、しかし楽しそうにしている白泉先輩を見るに、その仕事は確かにやりがいがあるのだろう。青春の１ページになるに違いない。

だけど、その隣には隼人がいない。

きっと春希が生徒会や各種学校行事の運営で奔走する傍ら、隼人は友人たちと笑い合っているのだろう。やがて訪れる受験勉強も、春希が推薦を決めて悠々としている横で、隼人は皆と勉強会をしているかもしれない。

――今日みたいに。

そう考えただけで寂寥《せきりよう》感を抱いてしまう。

ならばやはり、生徒会への態度をはっきりとさせなければ。

だというのに、そう思う度に母の顔がチラつき躊躇《ためら》ってしまって。

そんな自分が情けない。春希は自嘲《じちよう》し、白泉先輩からひょいと一歩距離を取る。そして努めて明るい笑みを浮かべた。

「そういえばパンフレットの原稿の提出がまだのところありましたよね？　私、回収してきます！」

「あっ！」

春希は返事を待たず、机の上に置かれていた書類を掴《つか》み部屋を飛び出す。

背中に「逃げられた！」と叫ぶ白泉先輩の声を聞きながら、ふと顔を上げた先にあった部室棟の廊下の窓に映った自分の笑顔は、まるで仮面を貼り付けたように酷薄な、しかし見慣れたものだった。


春希は未提出リストを片手に、当該箇所を巡る。

「ごめーん！　うちの担当がついうっかり忘れてたみたいで！」

「いえ、おかげですぐ回収できましたので」

「もう！　忘れてたやつには、こっちからちゃんと言っておくから！」

「あはは」

そう春希に言っていた2年の女子生徒は眉《まゆ》を吊《つ》り上《あ》げながら、こそこそ逃げ出そうとしていた男子生徒の方へと大股《おおまた》で詰め寄っていく。

すぐさま捕まり、バツの悪そうな顔で言い訳をする男子生徒。

ぷりぷり頬を膨らませ、腰に手を当て彼に小言を浴びせる女子生徒。

そんな2人を微笑ましく見守る2年D組の面々。

春希も彼らの姿に口元を緩ませながら教室を後にした。

廊下を歩きながら、先ほど受け取った原稿をクリアファイルに挟んでいると、校内のいたるところで咲く賑《にぎ》やかな声が耳朶《じだ》を叩《たた》く。

サッと周囲に視線を走らせてみる。

やけに張り切る男子生徒。

積極的に駆け回る女子生徒。

仲睦《なかむつ》まじくはしゃぐ男女の集まりに、文化祭での出会いに期待を寄せる男子たち、あるいは女子たちのグループ。

「ふぅ」

春希は何ともいえない顔でため息を零す。

皆で集まり一緒に何かの目標に向かって行動するという状況は、一体感を覚えると共に人間関係も大きく変化させるきっかけになるに違いない。今まであまり接点のなかった相手へアプローチしたり、自らをアピールしたりする絶好のチャンスでもある。

先ほどの2年D組でのことを思い返す。あぁ、きっとあれもそういうことなのだろう。

春希のクラスにだって、何人か気になる相手へアプローチしようとしている人がいることも気付いている。その中には、春希に対して好意を寄せている人がいることも。

正直なところ、付き合いたいとかいう気持ちが今一つよくわからない。

一番親しい異性――隼人のことを思い浮かべれば、なおさら。それに変化は苦手だ。

しかしその時、ふいに沙紀《さき》の顔が脳裏を過る。

このままではいられないと、月野瀬《つきのせ》から1人都会にまで追いかけてきた、とても眩《まぶ》しい女の子。その行動力の源はきっと、胸に秘めた想いなのだろう。

彼女の変化は、春希としても好ましいものだ。その、はずだ。

そしてもう1人、最近変わりつつある人がいる。

海童一輝《かいどうかずき》。

自分と同じく周囲に合わせるのが上手い、同種と思っていたはずの、隼人の友人。

彼が秋祭りでふいに気付いてしまった想いを零した時の顔が脳裏を掠《かす》めると、たちまちあの時感じた熱が再燃し、胸を焦がす。春希は咄嗟《とっさ》にその熱を振り払うように頭《かぶり》を振って、慌てて思考を切り替える。

そしてリストに目を落とし、顔を顰《しか》めた。

「……演劇部」

正確にはそこに所属する、高倉柚朱《たかくらゆず》。一輝への好意を公言している、昨年度の文化祭で時の人となった才媛《さいえん》。

胸中は複雑だった。

まっすぐな物言いをする彼女には、少しばかり苦手意識がある。それだけでなく、一輝の姫子《ひめこ》への想いを聞いてしまったから、余計に。

とはいうものの、今は文化祭実行委員としての仕事中だ。

後回しにすることもちらりと考えてしまったが、未提出のところはそれほど多くない。

それに、必ずしも彼女と遭遇するというわけでもないだろう。

はぁ、と大きな嘆息を１つ。

気を取り直し、演劇部の部室である第２被服室へと足を向けた。

第２被服室の前では何人かの演劇部員と思しき生徒たちが、大きな板に張り付けられた模造紙に背景の下絵を描いていた。いわゆる書き割りだ。文化祭で使うのだろう。

春希は彼らの中に高倉柚朱がいないか確認し、一番手前にいた女子生徒に話しかける。

「あの、すみません」

「うん？　君は……？」

「文化祭実行委員なんですが、その、パンフレットの原稿がまだでして」

「あーっ、うち、演目決めるの遅かったから！　ちょっと待っててね、聞いてくる」

「お願いします」

そして彼女は「ねー、パンフの原稿持ってるの誰だっけー？」と言いながら、第2被服室と入っていく。中から彼らの会話が聞こえてくる。

「あれ、部長じゃない？」

「私知らないよ、みゃー子に頼んで渡したよね？」

「その後、イラスト入れたいって話になって、漫研の知り合いに頼まなかったっけ？」

「そういや昨日、大机の上に置かれているのを見たわ」

「……大机の上、今衣装作りの材料ですごいことになってるんですけど」

「ぎゃーっ！」

「さ、捜せ捜せ！」

そんな慌ただしいやり取りを耳にすれば、春希もあははと苦笑い。廊下で書き割りを作っている残りのメンバーとも困ったように顔を見合わせる。

するとややあって、バタバタしていた第2被服室から「あった！」という歓声が聞こえてきた。春希も無事に見つかったことにホッとする。

だがガラリと開いたドアから現れた人物に、春希は頰を引き攣らせた。

「お待たせしたわね……あら？」

「っ⁉」

高倉柚朱だった。てっきり先ほど声を掛けた女子生徒が出てくるとばかり思っていたので、動揺から目を泳がせてしまう。

発掘されたパンフレット原稿を片手に持って現れた彼女は、そんな春希を見て目を何度か瞬かせた後、スッと細める。そして柚朱は春希に原稿を手渡し、にっこりと微笑む。

「これで大丈夫かしら？」

「え、えぇ。問題ない、と思います」

「そう、よかったわ」

サッと目を通したところ、特に不備はない。

これで目的は果たした。

もうここに用はない。さっさとこの場を去ろう。そう思い、春希は身を翻す。

「ではこれで──」

「待って」

しかし逃がさないとばかりに手を摑まれる。

春希は困惑しつつも毅然《きぜん》とした態度を取り繕い、瞳《ひとみ》に少しばかり抗議の色を纏《まと》わせ見つめ返す。

「あの、何か？」

「私もついていってもいいかしら？」

「え？　いやでも準備中じゃ……」

「私の方は大丈夫だわ。それよりもあなたと話がしたいの」

「話……？」

嫌な予感がする。眉間《みけん》に皺《しわ》を刻む。

そもそも高倉柚朱と春希の接点なんて、１つしかない。

その答え合わせをするかのように、彼女は唄《うた》うように告げる。

「もちろん、最近の一輝くんについてよ」

「っ！」

「その顔、色々興味深い話が聞けそうね」

「……」

何を言われるかわかっていても、感情が揺れて表情に出てしまう。

高倉柚朱は獲物を見つけた肉食獣のように、獰猛《どうもう》な笑みを浮かべるのだった。

緊張感を孕《はら》んだ空気の中、春希は柚朱と共に、敢えて人気の少ない旧校舎の方へと足を向けていた。当然ながら資材置き場になっているそんなところに、未提出原稿を回収する先なんてない。相手もそのことはわかっているだろう。

会話もなく、ただただ歩く。

時折柚朱から何か探るような視線を受け、どうにも息が詰まりそうになる。

何か話す取っ掛かりがないかと周囲を見回す。そして手元にある演劇部でもらったパンフレット原稿に目を落とすと、ふと疑問の声が零れた。

「……戦国白雪姫？」

白雪姫はわかる。誰でも知っている童話だ。

しかし戦国の２文字が付くと、途端にどういう内容なのかわからなくなる。

春希の呟《つぶや》きを耳にした柚朱は「あら」と声を上げて人差し指を顎《あご》に当て、くすりと愉快そうに笑う。

「うちの演目よ。舞台は架空の戦国時代、継母との権力闘争に敗れた白雪姫若子《ひめわこ》が一念発起、我に七難八苦を与えたまえと三日月に誓い、７人の勇士と共に家督を取り戻すため奮闘する話よ。もちろん協力を求める王子様的なイケメン大名も出てくるわ」

「それ、微妙に長宗我部元親《ちょうそかべもとちか》と山中鹿之介《やまなかしかのすけ》が交じってますよね⁉　あと王子様な大名が織田信長《おだのぶなが》っぽいんですが！」

「あら正解。詳しいのね？」

「っ！　いやその、ゲームとかで……」

「ふふっ、脚本を書いた子もそう言っていたわね。どう、面白そうでしょう？」

「まぁ、それは確かに」

柚朱の言葉に春希が頷《うなず》く。

実際どういう話になるのかあれこれ想像力を働かせると、興味も湧いてくる。表情も綻《ほころ》ぶ。なるほど、いい演目になりそうだ。

そんな春希の顔を見た柚朱は、ふいに自嘲《じちょう》を零す。

「私じゃこんな演目思いもつかなかったわ。時間もないし、既存の作品でやるしかないって頑なに思っちゃってて」

「……へ？」

「先日、あなたも演目をオリジナルにするかどうかで揉《も》めているのを見ていたでしょう？」

「ええ、まぁ」

同時に春希は彼女が他の部員と上手くいっていない場面も目撃したことを思い返し、何とも渋い顔を作る。

「脚本の子がね、完全なオリジナルではなく既存のモノをベースにすれば大丈夫って言って書いてきたのよ。もちろん、それまで停滞して淀《よど》んでいた空気を吹き飛ばすくらい、素敵な出来だったわ」

そう言って柚朱は目を細め、嘆息を1つ。そして、ジッと春希を見つめ、言葉を続ける。

「きっとあなたなら私のように揉めず、上手く状況を纏められたのでしょうね」

「それは……」

どうだろう、という言葉を呑《の》み込んだ。

春希は周りの空気を読み、無難にやり過ごすことに長けている。

確かに表面上は玉虫色の代替案などを出して落としどころを見つけ、上手く取り繕えるかもしれない。しかし、それは遺恨を残しそうだ。

だって春希には、彼らを納得させられるほどの熱や色がないから。

ただそうした方が自分を良く見せられるという打算があるだけ。

そんな考えが顔に出てしまった春希を柚朱は見据えたまま、これが本題とばかりに話を切り出す。

「最近の一輝くんなら、どう纏めるかしら？」

「っ⁉」

最近の一輝くん。再び飛び出したその言葉にビクリと肩を震わせ、足を止める。柚朱も足を止め、表情が真剣なものになる。

秋祭り以降、一輝は変わった。そのことに気付かない彼女ではないだろう。

そして春希はその理由を知っている。

先日の秋祭り、姫子への想いを語った時の顔は忘れられそうにない。

しかしそれはおいそれと誰かに言えるようなものではなくて。一輝へ恋慕を抱いている

柚朱には、ことさらに。口を噤《つぐ》んで目を逸らし、視線を彷徨《さまよ》わす。

柚朱はそんな春希のことなどお構いなしに、熱の籠《こ》もった言葉を紡ぐ。

「後夜祭の公開告白、知っているかしら？　そこで結ばれると幸せになるっていう」

「それって……」

「今年は私も言う側に回ってみようと思うの」

「……っ」

それはまるで宣戦布告のようにも聞こえ、神妙な顔で黙りこくる春希。

柚朱の気持ちは痛いほど伝わってくる。それだけ、一輝に対して本気なのだ。

しかしだからこそ、何も言えなくなってしまう。

柚朱はそんな春希を見て、意外そうな顔をする。

「あら？　あなた――」

「やー、悪いね海童くん。こっちの方まで付き合わせちゃって」

「気にしないで。ついでだよ、ついで。それほど手間じゃないしね」

「「っ⁉」」

そこへふいに、背後から渦中の人物と女子生徒の声が聞こえてきた。

咄嗟《とっさ》に春希と柚朱は顔を見合わせ頷き合い、適当な空き教室へと身を滑らせる。そして僅《わず》かに扉を開けつつ、彼らの様子を窺《うかが》う。

一輝は段ボールを抱えていた。中に何が入っているかはわからないが、おどけた様子で軽く揺らし、さほど重くないとアピールしている。女子生徒はそんな一輝に「お、頼りになる！」と言ってくすくすと笑う。

どうやらこちらの方には何かのついでに資材を取りに来たらしい。

女子生徒は一輝の少し前を歩きながら、きょろきょろと周囲を探る。

「えぇっと遮光カーテンがあるのは……あの部屋かな？」

「「っ！」」

春希と柚朱が同時に息を吞む。間の悪いことにこの教室に向かっているようだ。

サッと教室を見回してみる。

奥の3分の1ほどに使われていない机と椅子が積み重ねられており、空いたスペースにはカラーコーンや虎ロープ、埃《ほこり》臭い体育マットや長椅子、中身のわからない段ボールが置かれ、モップや箒《ほうき》といった掃除道具が雑然と壁に立てかけられている。とてもじゃないが、隠れられそうな場所は見当たらない。

春希がどうしようか狼狽《うろた》えていると、ふいに柚朱が強引に手を引いた。

「(こっちよ！)」

「(え!?)」

柚朱は小さな声で囁《ささや》き、一緒に掃除道具入れの中へと押し込まれた。

幸い、中には何もなかった。しかしさほど大きくない掃除道具入れの中は、２人が入ると立錐の余地もない。

必然的に、春希は柚朱と向き合い、背の高い彼女に抱かれる形になる。足は際どく絡み合い、互いの胸は押しつぶされており、手を無造作に動かせば相手のどこに当たるかわからない。眼前には彼女のほっそりとした白い首があり、そこから立ち上るシトラスの甘酸っぱい香りが鼻腔《びこう》を満たせば、頭がくらくらとしてしまう。嫌でも彼女の熱と柔らかさを感じてしまい、ドキリと胸が跳ねる。

(え、わ、いい匂い、柔らかっ!?)

春希はいきなりのことに混乱してしまった。

こうやって誰かに、母親にさえハグされたという経験がなかったから、ことさらに。

外からの光がわずかに漏れる暗い掃除道具入れの中、互いの吐息が零れ、視線が絡まり合う。身体が熱を帯びていく。

するとその時、ガラリと教室の扉が開いた。

春希と柚朱はわずかにビクリと身体を強張らせ、息を潜めて外の様子に意識を傾ける。

「遮光カーテン、どこかな?」

「パッと見た感じ、見当たらないね。あそこの段ボールの中のどれかにあると思うけど」

「うへぇ、たくさんあるなぁ」

「あはは、僕も探すの手伝うよ。段ボールの側面とかに内容物のラベルとか貼られてないかな？」

「あ、ある！　これは石膏《せっこう》、10年前の記念ボールペン、こっちは磁石？　輪投げセットまで！　こんなの残してどうすんだってものまで色々あるねー」

「こういう文化祭で使うかもしれないからじゃない？」

「なるほどー」

そんなことを話しながら目的のものを探す一輝と女子生徒。

ややあって女子生徒が「お！」と声を上げた。

「見つかったかい？」

「うん。でもあそこ……」

女子生徒が指差す先は、いくつも積み上げられた段ボールの一番下。

彼女が少し困った様子を見せると、一輝はひょいっと上のものを持ち上げた。

「ほら、今のうちにそれ出しちゃって」

「あ、うん……あった、遮光カーテン！」

「それはよかった。僕の持ってた段ボールの中にでも入れといてよ」

「え、でもこれくらい私が……」

「いいから。僕にカッコつけさせてよ。ね？」

「ふふっ、海童くんってば！」

そう言って一輝が茶目っ気たっぷりに片目を瞑《つぶ》れば、女子生徒もくすりと笑う。

彼女が目当てのものを取り出し、一輝が持ち上げていたものを元に戻す。

すると女子生徒は興味津々といった様子で、ぺたぺたと一輝の腕を触ってきた。

「へぇ……ほぉ……」

「「(っ⁉)」」

「あの、何か……？」

「いやかなりの力持ちだし、どうなってるのかなーって気になって」

突然のことに困惑しつつも、されるがままになる一輝。

彼女はやけに親し気な空気を醸しつつ、一輝との距離を詰める。

明らかに友人としての一線を越えるような行動だった。

その様子を見ていた柚朱は固く唇を結び、ぎゅっと春希の腕を摑《つか》む。

一方その間も彼女の行動はエスカレートしていき、一輝のいたるところに手を回す。

「いやぁ部活で鍛えられてるからなのかな、筋肉すごいねー、腹筋とかカチカチじゃん！」

「……それくらいで勘弁してくれないかな？　さっきからくすぐったくて」

「あはっ、ごめんごめん。こうやって男子の身体に触れる機会とかなくて、つい」

　さすがに一輝が苦言を呈すれば、彼女はひょいっと1歩離れ、ごめんとばかりに軽く両手を上げる。

　そして何かいいことを思い付いたとばかりににんまりと笑みを浮かべた。

「あ、じゃあお詫《わ》びに私の身体触ってみる？　ほい、っと！」

「え、あ、ちょっと！」

「「（っ！）」」

「私さー、大きさと形は結構自信あるんだよねー」

　そう言って女子生徒は背後から一輝に抱き着き、その中々目立つ胸をぐいぐいと押し付けた。文化祭は人間関係を大きく変えるきっかけになる。きっと、あの女子生徒にとってもそうなのだろう。軽い感じで接しているものの、彼女の顔にはどこか余裕のなさが感じられた。

　さすがの一輝も驚きと動揺を隠せず、顔を強張らせ固まってしまっている。

　彼女はそんな一輝をどう思ったのか、身体を押し付けるようにして甘い声で囁く。

「海童くんってさ、前と違って隙が多くなったよね」

「そう、かな？」

「うん、親しみやすくなったというか、勘違いしちゃうというか……ね、今ってカノジョいないんだよね？」

彼女のそれは、決定的なところに踏み込もうとするそれだった。柚朱は今にも飛び出そうとしている。きっと嫉妬《しっと》の炎が、彼女の心を焦がしているのだろう。

春希はふいに沙紀のことを思い浮かべた。

もし自分が隼人を揶揄《からか》ってあんな風に身体を使ったスキンシップをしたら、きっと沙紀は胸が張り裂けそうになるに違いない。今は、その痛みが明確にわかる、わかってしまう。

だから春希はぎゅっと柚朱に摑まれていた手を包み込む。どうしたことかとこちらに目を向けてきた柚朱に向かって、ふるふると小さく頭《かぶり》を振る。柚朱はそんな春希に瞠目《どうもく》し、それから自らを落ち着かせるように、ふぅぅぅと小さく長い息を吐く。

そして一方、カ、ノ、ジ、ョという言葉を聞いた一輝は、ビクリと肩を震わせると共に態度を一変させた。纏《まと》う空気も少し冷たいものへと変化する。

一輝はゆっくりと彼女の手を剝《は》がし、少し困ったような、しかし真剣な目で告げた。

「……ごめん、僕には好きな子がいるんだ」

「っ！」「「(っ⁉)」」

今度は女子生徒が驚く番だった。

少しばかり意外そうに声を震わせ、一輝に問いただす。

「もしかしてA組の二階堂さん？　いやでも噂は知ってるけど、そんな空気全然……それに１学期のことだし……」

「それは……」

一輝は眉根《まゆね》を寄せ、口籠《くちご》もる。

「「……」」

しばし無言の、緊張した空気が流れる。

校舎からの喧騒《けんそう》は遠く、引き延ばされたかのような時間の中、見つめ合う。

「――ごめん」

やがて一輝はその一言だけ絞り出す。短いが確固たる意志の入り交じった声色だった。

その意図がわからない者は、この場にはいない。

「……あは、そっか。じゃあ、うん、私は先に戻るね！」

やがて彼女は乾いた笑みと共に、逃げるように教室を去っていく。

１人残された一輝は足音が聞こえなくなるまで、まるで自らが傷付いたかのような顔でぎゅっと制服の胸の辺りを掴みながらこの場に佇《たたず》み、やがてはぁ、と切なげなため息を吐く。

そしてのろのろと荷物を持ち、教室を後にする。

「「（……）」」

掃除道具入れの中を気まずい空気が支配する。

胸中は複雑だ。

一輝の様子からは明らかに誰かに想いを寄せ、悩んでいるということがわかった。その相手が、春希ではないということも。

そのことを目の当たりにした形になった柚朱に、余計に何を言っていいかわからない。

やがて一輝が去ってたっぷり10分は経ってから、外へと出た。

春希はふう、と安堵《あんど》の息を吐きつつ胸に手を当て、ちらりと柚朱を窺《うかが》う。

すると視線に気付いた彼女は、泣き出しそうな顔を必死に笑みで取り繕い、平静を装って声を上げる。

「あんな一輝くんの顔、初めて見たわ」

「……ボクも、です」

「さすがにそろそろ戻らないと。妙なことに付き合わせて悪かったわね」

「ぁ」

そう言って柚朱も足早に去っていく。

演劇部とは違う方向へと走っていったことを指摘するほど野暮じゃない。

廊下へ出た春希は校門のある方を見て、くしゃりと顔を歪《ゆが》ませながらポツリと呟《つぶや》いた。

「どうして、こうなるんだろ……」

第8話　母と娘

太陽は西の彼方《かなた》へと落ちようとしていた。

茜色《あかねいろ》に染まる帰路を、隼人《はやと》は影を長く引き伸ばしながら足早に歩く。その後もなんだかんだと準備に忙殺され、下校時刻に追われる頃合いになってしまっていた。

さほど時を置かず、夜の帳も下りるだろう。

もしかしたら、そろそろ姫子《ひめこ》から夕食の催促があるかもしれない。

隼人は空を見上げつつ、さて今日の献立は何にしようかと思い巡らす。

昨夜の豚肉とナスの残りに、冷蔵庫にあるものを一掃してもいいだろう。調理時間の短縮にもなる。そんなことを考えながら大通りにあるコンビニを通りかかった時、「あ、隼人」と声を掛けられた。

声がした方向へと目をやれば、コンビニの前でエンボスカップ片手に佇む春希《はるき》。遅いぞと言いたげに唇を尖《とが》らせ、隼人の下へ小走りでやってくる。

「春希。もしかして待ってたのか？」

「まぁね」

「どうせなら学校で待っててくれたらよかったのに」

「学校はちょっとね。その、さ……いたら、えっと何かと仕事を押し付けられそうだし」

「それもそうだな」

少しげんなりした様子で愚痴を零す春希の顔には、疲労が影を落としている。傍目からは上手くこなしていた印象があるものの、文化祭運営の大元ともなれば、隼人には想像も付かない様々な苦労があるのだろう。苦笑を零す。

春希を手伝いたい気持ちはあるものの、事務仕事は勝手がわからないし、渉外もコミュニケーション能力が乏しい隼人では上手くやり取りできそうになく、あまり力になれることはない。せいぜい力仕事くらいだろう。そのことを思うと再び胸にもやっとしたものが生まれそうになり、誤魔化すようにガリガリと頭を掻《か》く。

すると春希は「ふぅ」、と息を吐き、エンボスカップを掲げた。

「あと、新発売のトルコ珈琲《コーヒー》も気になってたからね」

「トルコ珈琲……確か特徴的な淹れ方をするって聞いたことあるような……」

「珈琲の粉を専用の小鍋《こなべ》の中で煮出して、その上澄みだけを飲むやつだよ」

「へぇ。どんな感じ？」

「んー、苦みが強くて独特な香りだけどおいしいよ。ただ、ちょっと口の中が粉っぽくなるから他に水気があるものが欲しくなるかも」

「あはは、そっか」

そう言って春希が眉根を寄せ、困った顔でぺろっと珈琲色に染まった舌を見せれば、隼人も釣られて笑みを零す。

そんな他愛もない話をしながら、肩を並べて家へと足を向けた。

他にも今日はこんなことがあったと、互いに話をする。

クラスの吸血姫カフェのメニューがどうだとか、白泉先輩にクレーム処理を任されてばかりだったとか、普段授業している時間に外に出るのはわくわくするだとか、未提出のパンフレット原稿の回収に行ったら部室をひっくり返して探し始めただとか。思わず笑みを零すような話を、面白おかしく。

すると隼人はふと、買い出しでみなもとした約束のことを思い出す。

「そうだ、みなもさんのことだけどさ」

「え？　あ、うん、みなもちゃんがどうかしたの？」

「今度みなもさん家《ち》に遊びに行く約束を取り付けたんだった。いつにしよう？」

「……へ？」

春希は目をぱちくりさせ、疑問の表情を浮かべ顔を覗《のぞ》き込んでくる。

確かに春希にとってはいきなりのことだなと思い、隼人は順を追って説明する。

「買い出しの時、みなもさんと出会ったんだ」

「うん、それで？」

「大きなものはクラスの皆と買い終えたものの、どうも残りの細々としたものの買い物を引き受けてたみたいでさ、一生懸命役目をこなそうとしている姿が無理をしているように感じちゃって——」

ひどく覚えのある姿と重なった。かつて母が最初に倒れた時の、自分と。

隼人はそこで言葉を切り、そしてじくりと痛んだ胸に手を当て、少し情けなさと無力感を滲ませた声色で言う。

「俺、何を言っていいかわからなかったんだ」

「隼人……」

そう、かつてふさぎ込んでしまった姫子《妹》に、何もできなかったように。

自分の無力さは痛いほどわかっている。

弱気交じりの言葉を零せば、春希が気遣わし気な目をして覗き込む。

しかし隼人は努めて明るい表情を作り、ポリポリと赤くなりつつある頬を掻きながら、少々気恥ずかしそうに口を開く。

「でも、春希なら何とかしてくれると思ったから」

「……え？」

「春希、誰かの話を聞いてアドバイスをするのとか得意だろ？　ほら、今日も色々揉《も》め事《ごと》を解決してたみたいだし……だから、きっかけだけ作ってきたというか……」

みなもの事情に嘴《くちばし》を突っ込もうとしたが上手くいかず、後は春希に丸投げにした形だ。まったくもって決まりが悪い。自分でもどうかと思う。

だけど、春希なら何とかしてくれるという信頼があった。

その春希はといえば呆《あっ》気《け》に取られたような顔で目を何度か瞬かせた後、ふっ、と意外そうな、しかし嬉《うれ》しさを滲ませた笑みを見せる。

「そっか、隼人からボクはそう見えるんだ」

「違うのか？」

「ふふっ、さぁどうだろ？」

「なんだよ……」

「でも、思い立ったら即座に手を伸ばす……隼人らしいね」

「俺らしい？」

「そうだよ。幼い頃から、ずっとそうだった」

そう言って春希はふわりと笑う。かつてと同じ、はやとを信頼している笑みだった。

だけど今の春希とはるきが重ならず、ドキリとしてしまい、照れ隠しから目を逸らし片手を上げる。

「まぁその、後は任せた、相棒」

隼人がそう言うと春希はニッと笑い、パンッと隼人の手を叩《たた》く。そしてバトンを受け取ったとばかりに握《にぎ》り拳《こぶし》を作り隼人に向けてくれれば、隼人も同じく握り拳を作りゴツンとぶつけ合う。

「うん、任された！　これも〝貸し〟ね」

「おう、頼む」

そして春希はにこりと笑い、ぐいっと隼人の手を引き足取りも軽く走り出す。

「じゃ、早く帰ろう！」

「って、おい、春希！」

「今日の夕飯は何っ？　帰りにスーパー寄って帰るっ⁉」

「もう遅いし、昨日の残りと冷凍っ！」

「あはっ、手抜きだ！」

「たまにはいいだろ！」

息を弾ませながらそんな言葉を交わす。

夕暮れの道を高校生の男女が手を繋《つな》いで駆け抜ける。なんともアレで目立つ光景だろう。現に道行く人たちも隼人と春希を振り返っており、少しばかり気恥ずかしい。

しかし、どうしてか心が軽くなっていた。

それはきっと、相手が春希だからだ。

だから2人は自然と無邪気な笑顔を咲かす。

幼い頃と、同じように。


さすがにマンションが見えてくれれば、どちらからともなく手を離し、足も緩めて歩く。

走ってきたせいか身体は火照り、うっすらと汗をかいていた。

その時吹き付けた夕暮れの秋風が、２人の熱を奪う。

同時に少しばかりのぼせ上がっていた頭も冷えた隼人と春希は、顔を見合わせ何やってんだかと苦笑を零す。

「うん？　あれは……」

「姫子に、沙紀《さき》さん？」

視線の先にはマンションのエントランスに備え付けられている長椅子に座る妹と、その親友の姿。長椅子なんて訪ねてきた人が使っているところを見かけたことはあるが、基本的に住人が使うことはない。事実隼人も、そして姫子も利用した記憶はなかった。

一体どうしたのだろうか？

今朝の妙な様子だった姫子の姿が脳裏を過る。

春希も隼人同様、眉根《まゆね》を寄せた。

疑問はある。しかしこのまま突っ立っているわけにもいかないだろう。

隼人は意を決し、なるべく普段通りを装いながら声を掛けた。

「よう、姫子に沙紀さん」

「あ、お兄さん！」

「……おにぃ」

こちらに気付き、どこかホッとした顔を向ける沙紀。対照的に、感情の読み取れない顔を上げる姫子。その反応に隼人も僅《わず》かに顔を顰《しか》める。

他に何か話題をと思い2人を見てみるも、足元に置かれた鞄《かばん》と手に持つスマホが目に入るばかり。特に何かをしていた形跡はなく、家に帰らずここで何をしていたのかはわからない。

それでも何かを話さなければと思い、「あー」としばらく母音を転がし、口を開く。

「その椅子、座り心地とかどうだ？」

「……悪くないよ」

「え、えっと、私も初めて座りましたけど悪くないと言いますか、もし背もたれがあったら居ついちゃいそうですっ」

「そ、そうか。でもそれってここを訪ねてきた人が待ってる間とかに使うものだからな、お尻《しり》に根っこ生やされたら困るもんなっ」

「で、でですすっ」

とりあえず目についたものに言及するも、話は空回り。噛《か》み合わない。

姫子も話はそこで終わりとばかりにスマホに視線を戻す。隼人と沙紀は困ったように顔を見合わせる。

相変わらず姫子は本調子ではないらしい。そのせいでこちらの調子も狂ってしまう。

すると春希がスッと前に出て、強引に姫子の手を引っ張った。

「……ぁ、はるちゃん」

「ひめちゃん、家に行こ？　隼人と沙紀ちゃんも。ボク、もぅお腹ぺこぺこだよ～」

「春希……って、痛っ⁉」

そう言って春希はもう片方の手で、バシンと隼人の背中を急かすように叩く。

振り返りざまに目が合えば、片目を瞑《つぶ》る。どうやら春希なりに気を遣ったらしい。苦笑しつつ慌てて後を追う。

マンションのあまり広いとは言えないエレベーターの中で、春希は言葉を続ける。

「今日みたいに遅くなった時って冷凍食品が多いけどさ、今までボクが買ってきた冷凍食品って海老《えび》チーズドリアや昔ながらのナポリタン、豚玉のお好み焼きといったそれだけで一食になっちゃうものばっかだったんだよね」

「あ、私もです。レンジで手軽に用意できるのっていいですよね」

「そうそう！　だけど隼人が買う冷凍食品って大容量のから揚げとかコロッケ、たこ焼きに餃子《ぎょうざ》にピラフもそうだけど、揚げたり炒《いた》めたり調理が必要なものが多くてさ」

「うん？　あとは揚げたり炒めるだけだし、凄《すご》く楽だろう？」

「えー、フライパンやお鍋用意しなきゃだし、洗いもの増えるじゃん」

「それくらいやれよ」

「いや、それがめんどくて」

「あはは。私も春希さんのその気持ち、わかります」

「……おにぃがそうだから、あたし冷凍って結構手間がかかるイメージあるんだよね」

「ほらーっ」

「むぅ……」

春希とのいつも通りのやり取りに釣られて、姫子もツッコミを入れる。隼人が唸《うな》れば、皆から笑いが零れる。おかげで少しだけ空気が緩む。

ホッと息を吐きつつ家の前へ。そしてカギを開けようとしたところで「え？」という声が漏れる。

既にカギが開いている扉を訝《いぶか》し気に引いた。

「あら、おかえりなさい！　遅かったのね？　いつもこんなに遅いの？」

「あ、あぁ、ただいま。今日はその、文化祭の準備があったから」

そして中に入ると、母真由美《まゆみ》の声に出迎えられた。引っ越してきて以来なかったことに、一瞬虚を衝かれたような顔をしてしまう。

春希や沙紀も同様に、目をぱちくりさせながら咄嗟《とっさ》に背筋を伸ばす。

「きょ、今日もお邪魔していますっ」

「い、いつもお世話になってますっ」

「あらあらあら、はるきちゃんに沙紀ちゃんも全然お邪魔だとか思ってないから！　自分ん家だと思ってもらっていいのよー？　ふふっ、でも4人揃《そろ》って帰ってくるなんて新鮮ね。娘が増えたみたい。ほら、荷物置いて手を洗って。夕飯もうできてるわよー」

真由美にそう促され、隼人は言われるがまま自分の部屋に鞄を放り込み、リビングに顔を出す。

そしてダイニングテーブルに広がる光景に目を瞬《しばた》かせ、驚きの声を上げた。

「これは……」

「わぁ！」

「すっごい……」

「久しぶりだから、つい張り切っちゃったわ！」

右手で力こぶを作り、パシンと叩く真由美。

そこにはロールキャベツのトマト煮、五目おこわ、ポトフ、ゆで卵の断面が見えるミートローフ、水菜と大根のシャキシャキサラダにタコとアボカドのマリネといった、見た目にも豪華な料理が所狭しと並べられている。

「どうしたんだよ、これ」

「一度作り始めちゃったら色々凝っちゃって。あ、昨日の残りはお昼に食べたわよ？」

「それはいいけど……限度があるだろ」

「皆食べ盛りだから平気よ。沙紀ちゃんにはるきちゃんもいるしね。余ったら明日《あした》に回したりお弁当にしたりすればいいだけだし」

「ったく……」

そんな隼人と真由美のやり取りを聞いていた春希と沙紀は、顔を見合わせ、しみじみと言う。

「おばさんって、ほんと隼人のお母さんだよね」

「ふふっ、私もよくそう思います」

「あらあら、おほほほっ」

「春希、それに沙紀さんまで何を……」

何とも微妙な顔になる隼人。満更でもなさそうに手を振る真由美。

春希と沙紀はくすりと笑い合いながら席に着く。

隼人も２人に倣えば、少し遅れてリビングにやってきた姫子も定位置に無言で座る。

「「「「いただきます」」」」「……ます」

　手と声を合わせ、いつもより少し早い夕食に舌鼓を打つ。

「わ、このポトフにごろりと入ってるキャベツ、芯《しん》まで蕩《とろ》けるくらいに煮込まれてる！」

「このサラダに掛かってる和風ドレッシング、すごく合います！」

「タコとアボカドのマリネ、もしかして中にわさびが？　意外だけど、アリだな……」

　隼人は夢中になって箸《はし》を進める。数ヶ月ぶりの母の料理というのも最高のスパイスだ。

　おいしそうに食べる皆の顔を見てにこにこしていた真由美だが、ふいに眉根を寄せた。

「うーん……」

「どうした、母さん？」

「いやミートローフなんだけどね、ケチャップだとハンバーグとあまり変わらない気がして。他に何か合うソースないかしらねー？」

「んー……甘酸っぱいブルーベリーソースとか、合うかもな。ジャムで作れるよ」

「え、ブルーベリージャムで!?　どうやって!?」

「ジャムに中濃ソースとか合わせて。ネットにレシピがあるから送っとく。それよりこのロールキャベツだけど――」

「あぁ、それは――」

　他にもロールキャベツを煮込む時にクリームを入れてもいいだとか、五目おこわは炊飯器でどうやって作ったのだとか、手作りしたドレッシングやマリネの隠し味がどうだとか、そんな料理についての話に花を咲かす。

やがて隼人は春希と沙紀から向けられている、どこか呆《あき》れを含んだ温かい視線に気付く。さすがにおかんじみた話題だったかなと思い、気まずそうに頭を掻《か》けば、真由美は明るい声を沙紀と春希に掛けた。

「あら、最近は料理できる男子とかポイント高いんじゃないの？」

「わ、私的には高いです！　その、引っ越してきてからずっとお世話になってますし」

「そういやボクも、文化祭の喫茶店メニューとかで色々頼りにされてるの見てたよ」

「あらあらあら、隅に置けないわね！」

「……普通だよ」

いきなり話を向けられた隼人は、気恥ずかしさから目を逸らす。

そんな息子を見た真由美はふふっと笑みを零し、それから「あ！」と、何かに気付いたような声を上げ、やけに真剣な声色で春希に問う。

「で、実際のところこの子ってば学校でどうなの？　女の子の評判とかさ」

「へ？」「か、母さん⁉」「っ⁉」

突然の言葉に驚く面々。

春希は寝耳に水とばかりに目を白黒させ、隼人はやめてくれと声を荒らげ、沙紀はやけにそわそわと落ち着かなくなる。

「いや、最近髪型変えたりして急に色気づいたでしょ？　そういう浮いた話があるからって思うじゃない？」

「だからこれは前も言ったけど、そういうんじゃゃ――」

「――実は隼人、女子の間で結構好感度が高いっていう話は聞きますね。料理の腕もそうだけど、ソーイングセットでささっとつくろいものしてくれたり、荷物あったらさりげなく持ってくれたり、ちょくちょく世話を焼いてフォローしてくれたり」

「あら、あらあらあら！」

「っ⁉　春希さん、その話詳しくお願いしますっ！」

「おい、春希！　って、沙紀さんまで⁉」

「他にも隼人ってば――」

　そして春希からクラスの女子たちの好意的ともいえる評価が語られると、どうにもむず痒《がゆ》くて居た堪れなくなる。隼人が春希へ抗議の目を向けても、いつものどこか悪戯《いたずら》っぽい笑みを返されるのみ。どうやら確信犯らしい。

　春希が煽《あお》るような物言いをすれば、当然話は盛り上がる。きゃいきゃいと黄色い声が霧《きり》島《しま》家のダイニングに響く。

　しかしそんな中、いつもならこの手の話に一番に飛びつきそうな姫子は、かちゃりと箸と食器を置き、静かに席を立った。

「ごちそうさま」

「あら姫子、もういいの？」

「うん、なんか食欲なくて」

「大丈夫？　風邪？」

「ううん、なんでもない。平気」

姫子はそう言って母にぎこちなく笑い、リビングを出ていく。

食事もあまり手を付けた痕跡はない。

後に残された隼人たちは姫子に閉められたドアを眺めた後、困ったように顔を突き合わせるのだった。

◇◇◇

「せっかくあの子の好きなパウンドケーキ焼いたのに……」

真由美は残念そうな呟《つぶや》きを零しながら、少し行儀悪くパウンドケーキに刺さったフォークを弄《もてあそ》ぶ。春希も困ったような曖昧《あいまい》な笑みを浮かべる。

夕食後、姫子にデザートがあると声を掛けたものの「いらない」と一言。けんもほろろだった。姫子の好物だというパウンドケーキはバナナの甘みとバターの香りがたまらなく、その美味しさも納得の一品だったがしかし、この場にいる皆の顔には苦々しいものが広がっている。

真由美は「困ったわねぇ、難しい年頃なんだから」と明るい調子で言っているが、このままでいいわけではないだろう。

春希は胸に手を当て、姫子について思いを巡らす。

霧島姫子。

幼い頃、月野瀬《つきのせ》の田舎で遊んだもう1人の幼馴染《おさななじみ》。

初めて出会った時は、待ち合わせに来た隼人の背中からひょっこりと、おっかなびっくり顔を出していたのをよく覚えている。

人見知りしつつも瞳《ひとみ》は好奇の色で輝かせ、いつも春希たちについて回っていた、少し大人しい女の子。

そして再会してからは当時の面影を残しつつも、いつだって明るい笑顔と呆れた表情、都会のあれこれに慌てふためく姿を見せながらも、閉じ籠《こ》もりがちだった自分をぐいぐいと色んな場所に引っ張り出してくれた妹分。

あぁ、やはり春希にとって、姫子もかけがえのない存在だ。

だからこうも心配になって、胸が軋《きし》むのだろう。あんな顔をする姫子は見たくない。

先ほどの帰り道、隼人から悩みを聞いて助言をするのが得意と言われたことを思い出す。そう言ってくれた相棒《隼人》の期待に応えたい。

春希は残っていたパウンドケーキを少し喉《のど》に詰まらせながら一気に掻きこみ、席を立つ。

「んぐっ、ごちそうさま！　ちょっとボク、ひめちゃんのとこ行ってくる！」

「春希!?」「あらあら？」「っ!?」

3人の驚く声を背に、春希は姫子の部屋に向かう。

その勢いのままコンコンとノックし、「ひめちゃん、入るよ！」と言って返事を待たず中へと身体を滑らせる。

パステル調の女の子らしい、しかし床には雑誌や参考書、服が広がる部屋の中、姫子はまだ制服姿のままベッドの上でクッションを抱きかかえながらスマホを弄っていた。

姫子は目をぱちくりさせ、ぎこちない笑みを浮かべる。明らかに自分の領域《テリトリー》の侵入者《春希》を警戒し、寄せ付けない空気を醸し出していた。

しかし春希は敢えてその空気を読まず、姫子の隣に腰掛け手元を覗《のぞ》く。

「はるちゃん、えっとその、何、かな……？」

「あはは！　ひめちゃんさっきから何見てるの？　あ、これって……」

「初配信で胃カメラの写真載っけたりした Vtuber」

「ボクもこの人の放送ちょくちょく見てるよ。口調とかリアクションとか面白いよね」

「学校でも話題で、笑えて楽しい気分になれるからってお勧めされて」

「そっかぁ」

「……うん」

そう言って姫子はぎこちなく笑う。

しばし2人して言葉は交わさず、ただただ姫子のスマホで動画を眺める。

お題からどうしてそうなるんだとツッコミたくなる発想、ついついクセになってしまう独特な言い回し、時々飛び出すマニアックなネタだがついつい興味を持ってしまう軽妙なトーク。そんな人気が出るのも納得の内容。

普段なら見ていてクスリとしてしまうものだが、生憎《あいにく》と今は心を素通りする。

いつもそうしてきたように、春希は姫子になりきって、計算《して》、その気持ちを知ろうとする。

（……………………っ）

だけど何度試みても上手くいかない。

ギュッ、と強く手を握りこむ。

姫子が何かしら抱えているのはわかる。

今のままじゃダメだというのもわかっていて、どうにかしようと足掻《あが》いていることも。

どうしていいかわからない。何もできない自分を歯痒《はがゆ》く思う。

それでも姫子は大切な幼馴染なのだ。何かをしたいという想いが胸に渦巻いている。

事情は見当がつかない。聞き出そうにも、姫子にとって言いにくいことなのだろう。春希だって、隼人になかなか田倉真央《たくらまお》の隠し子だということを言い出せなかったではないか。

あの時の隼人は——当時のことを思い返すと少し頰が熱くなると共にくすりと笑みが零れ、そして自然と身体が動いてしまっていた。

「は、はるちゃん⁉」

春希は強引に姫子を胸に引き寄せ、抱きしめた。

突然のことに驚く姫子をあやすように頭を撫《な》でながら、優しく囁《ささや》く。

「ボクはさ、ひめちゃんのすぐ傍にいるから」

「……ぁ」

「何かあったら、頼ってね？」

「……うん」

今はすぐに手が届くところにいて、いつだってどんな時でもすぐに駆け付けられるから——隼人みたいに。

そんな春希の、言葉にした想いが伝わったのか、姫子は腕の中でこくりと頷《うなず》き、しがみ付くように腕を背中に回す。

春希も姫子に応え、ギュッと力を込めて抱き返した。

あの後、姫子の部屋から出た春希と沙紀は、速やかに帰路に就いた。

日に日に長くなる秋の夜は深まるのも早い。

月を隠すどんよりとした雲は、まるで夜の喧騒《けんそう》を吸い込んでいるようで、やけに静かに感じる。

そぞろ寒く少し寂寥《せきりょう》感を覚える空の下、沙紀が躊躇《ためら》いがちに口を開く。

「姫ちゃんは――」

「うん？」

沙紀はそこで一旦《いったん》区切り、足取りを緩め、慎重に言葉を探す。

春希は急かすことなく同じように足取りを緩め、夜の住宅街をゆっくりと歩く。

やがて沙紀はちょっと困ったような顔を春希に向けた。

「思った以上に寂しがり屋さんなんですよね」

「あー……」

寂しがり屋。

その言葉はストンと春希の胸に落ちた。

かつての記憶を思い起こせば、何かと理由をつけて追いかけてきた幼いひめこの姿が蘇る。それが先ほど甘えるように抱き着いてきた姫子とピタリと重なり、笑みが零れる。

「そうだね、そして不器用で意地っ張りだ」

「誰かに甘えるのも、案外下手くそで」

「あ、わかる。ボクたちをもっと頼ってくれてもいいのに。困ったねー」

「えぇ、ホントに。それでその、姫ちゃん、大丈夫そうですか？」

そう言って沙紀が心配そうに顔を覗き込んでくる。

春希は胸の内にあるがままの言葉を返す。

「ボクたちで大丈夫にしちゃえばいいんじゃない？」

「ふぇ？」

「見守るだけじゃなくてさ、こっちからこぅ、ぐいっと強引にね」

「……それって、お兄さんのように？」

「あはっ！　そうそう、隼人のように！」

「ふふっ、そっかぁ！」

思えば隼人は昔から、出会った時から、こっちの気持ちとか考えずにお節介を焼いてきた。そして、それにどれだけ救われたことか。

どうであれ向けられたその気持ちは、嬉《うれ》しかったのだ。だからきっと、姫子にもそうした方がいい結果になるはず。その確信がある。だって姫子は、その隼人の妹なのだから。

何かを思い出したかのようにくすくすと笑う沙紀にも、きっと似たようなことがあったのだろう。２人してやれやれというように顔を見合わせる。

そうこうしているうちに、沙紀のマンションが見えてきた。霧島家のそれとは違う単身者向けの、しかし堅牢《けんろう》さを感じさせる、遠く離れた娘へと用意された場所。

「それじゃあね、沙紀ちゃん」

「はい、ではまた明日《あした》」

挨拶《あいさつ》を交わし、沙紀がマンションの中へと消えていく。

１人になると急に寂しさが込み上げてきた春希は、それを振り払うかのように自宅へと急ぐ。小走りになりながら考えるのは、姫子とその母の関係について。

真由美には幼い頃、よくお世話になった。

擦りむいた傷の手当てをしてもらったり、たまにお昼を食べさせてもらったり、隼人と一緒にした悪戯を怒られたり。今と同じでコロコロと表情が変わるところもやはり隼人や姫子とよく似た大人の女性。

幼いひめこはそんな真由美によく懐いていた。

そして姫子は、彼女が倒れた2回とも、そのすぐ傍にいたという。

姫子の気持ちは、理屈としてはわかる。

きっと、怖いのだろう。

また、目の前から大切な母がいなくなってしまうんじゃないか、と。

その多くの人なら共感できることがしかし、春希は頭では理解できても感情では今一つ己の母との歪《いびつ》な関係のせいか、もやがかかったように、蓋《ふた》がされているかのように感じるのだ。よくわからない。

そう、沙紀が胸に秘める想いのように。

だけどその沙紀の感情に、秋祭りの時、一輝《かずき》を通じて触れたことがある。

もし大事な人が——隼人が目の前で倒れたら？

「————ぁ」

自分の口から驚くほど底冷えした言葉が漏れた。

胸は凍てついて軋み、足元はおぼつかなく崩れていくような感覚。

世界に1人取り残されたかのような失意と絶望。

自分という存在が黒いなにか空虚じみたものに侵食されるような錯覚を抱き、春希は慌てて頭《かぶり》を振り、意識のリセットを試みる。足を止め、隣の塀に手を突き、はぁはぁと息を荒らげながら、収まる気配のない動悸《どうき》を抑え込むように胸を摑《つか》む。

姫子の感情を垣間見た春希は、困惑の最中にあった。

息を整え、顔を上げ、いつの間にか辿り着いていた自宅を見て、さらにくしゃりと顔を歪《ゆが》ませる。

「え」

思わず変な声を零す。

どうしたわけか、いつもは暗いはずの玄関や窓から灯りが漏れている。

今朝のことを思い返しても、点けっぱなしで出た記憶はない。

そして密かに感じる、誰かがいる気配。

心臓はさらに嫌な早鐘を打ち鳴らす。

中に誰がいるかは明白だ。

そもそもこの家のカギを持っているのは、春希の他には１人しかいない。

何故？　どうして？

いきなり辛い現実に引き戻されたかのような感覚。

頭の中は疑問、驚き、動揺がぐるぐるとない交ぜになっている。

まずは落ち着こうと何度か深呼吸を繰り返し、「あ」と声を上げ原因に辿《たど》り着く。数日前に教室でも話題になった、春希が目立つように編集されたＭＯＭＯと唄《うた》った時の動画。

迂闊《うかつ》だった。

母は、田倉真央は、娘《春希》に対して目立たず、問題を起こさず、良い子であることを望む。

あの動画を見つけた母が、そのことに言及しないはずがないだろう。

思考を、いつもの仮面《外向けの顔》を被る感覚で強引に切り替える。頭も自動的にスッと冷えていく。

そして刃のように鋭く研ぎ澄まされた意識の中、この状況について思いを巡らす。

「…………」

皮肉なことに、母《田倉真央》の考えや反応は手に取るようにわかる。わかってしまう。

ならば、どうすれば最善の結果へ辿り着くかを計算するのみ。

姫子と母との関係と比べて、なんと滑稽《こっけい》なことか。

春希は纏《まと》う空気を一変させ、母が望む娘となって、扉を開けた。

玄関を潜れば、誰もが知っている高級ブランドのロゴが入った靴が目に飛び込んでくる。母のもので間違いないだろう。そして春希の帰宅に気付いたのか、リビングから人影が立ち上がり、苛立《いらだ》ちを隠そうともせずこちらに向かってくる。

靴を脱いでいる途中に現れた母《田倉真央》は、相変わらず妖艶《ようえん》さを醸し出し、思わず息を呑《の》むほどの端麗さと苛烈《かれつ》さを同居させていた。

「あ、お母さ――」

春希が驚きと少しばかりの嬉しさを滲《にじ》ませた声を上げようとした瞬間、パシンと乾いた音が玄関に響く。

よろめき、打たれた頰を手で押さえて目尻《めじり》に涙を浮かべ、上目遣いで母を見上げる。今度は困惑と恐れの交じった表情で、縋《すが》るように。

田倉真央は平手打ちに続いて、どこまでも冷たい目で娘《春希》を見下ろし、手に持つスマホで件の動画を見せながら、忌々しそうに言葉をぶつけてくる。

「これはどういうことかしら？」

「……えっと、ＭＯＭＯ、さんに、強引に手を引かれ無理矢理……」

「そんなことを聞いてるんじゃないわ。あなたは私《田倉真央》の娘なの。言っている意味、わかるわよね？」

「……はい。ごめん、なさい……」

春希は瞳《ひとみ》を潤ませながら、そっと顔を伏せる。

さながら聞き分けの悪い子供と、それを躾《しつ》ける母。

しかし春希の心は何の痛痒《つうよう》も感じていない。

これは幼い頃から幾度となく繰り返されてきた光景。

ただ嵐が過ぎ去るのを無難にやり過ごすための茶番劇。

なんて滑稽な母娘関係だろう。

春希は自虐に口元を緩ませる。

いつもなら母はここで留飲を下げるところだがしかし、今回に限っては話が別だ。むしろここからが本題だろう。

現に母《田倉真央》は利き手を額に当て煩わし気に、いっそ憎しみが込められた言葉を吐き捨てる。

「よりによってＭＯＭＯ……あの人の事務所のところとか」

「……あの人？」

「あなたは何も知らなくていいの！　……それより、誰かに何か言われたりした？」

そう言って母は娘に対して何かを確かめるような、探るような、そして若干の期待と恐れが含まれた複雑な視線を向けてくる。そこに少しばかり違和感を覚えるが、この場を切り抜けるために必死に頭を回転させる。

誰か。

そう問われて真っ先に思い浮かぶのは、MOMOたちのプロデューサー兼マネージャーを務めている桜島《さくらじま》という男。現に彼は、春希のことを田倉真央の娘だと半ば確信しているような物言いをしていた。

……2人がどういう関係なのかはわからない。しかしただの知り合いと言うには、彼はあまりにも深い部分を知りすぎている気がする。

春希は瞳だけを動かし、ちらりと母を見る。

春希の面影を色濃く残している顔《かんばせ》は凛《りん》とした涼やかな印象を与え、皺《しわ》がなく瑞々《みずみず》しい肌はとても子供がいる、公表されているプロフィールを信じるならば30代半ば過ぎには見えず、20代と言っても通じるだろう。

思えば桜島も、かなり整った顔立ちと艶《つや》のある肌をしていた。もしかしたら同世代なのかもしれない。そして春希の生まれを知っているということは、ただならぬ関係なのではないだろうか？

興味がないと言えば嘘になる。だが今はこの場を切り抜ける方が先決だ。

「……特に、なにも。そもそもMOMO、彼女以外誰にも声を掛けられなかったので」

「……そう」

春希は事実を捻じ曲げて言い、ふるふると力なく首を左右に振る。

すると母は急速に興味を失い、「ふぅ」と、もう用はないとばかりに大きなため息を吐く。それからリビングに戻り自分の鞄《かばん》を手にする。靴と同じ高級ブランドのものだ。

田倉真央はその様子をおずおずと見ていた娘に、玄関に向かいながら言い含める。

「いい？　あなたがこうして不自由なく生活できているのは、私が仕事してお金を稼いでいるからなの」

「…………はい」

「誰かから〝借り〟たものを返せだなんて口さがなく言われ、惨めな思いなんてしたくないでしょう？　わかったら、良い子で待ってなさい」

そう言って母は春希の返事も待たず、振り返ることもなく家を出ていく。

一体どこへ行くかはわからない。だが春希は嵐が、厄介なものが去っていったとばかりにホッと息を吐き、胸を撫《な》で下《お》ろす。

そして忌々し気に玄関を睨《にら》みつける。

不自由？　確かに生きていく上では不自由は何もないだろう。

だがそれはただ生きている、存在しているというだけだ。

眉間《みけん》に皺が刻まれ、ぐるぐるとネガティブな感情が胸に渦巻く。

そしてはたとあることに気付き、ぎゅっと制服の胸の辺りを掴んだ。

「ボク、は……」

自分の母への想いと、姫子の母への想いの違いに愕然《がくぜん》とし、立ちつくす。

春希の顔はくしゃりと歪み、弱音が言葉となって零れ落ちる。

「こんなボクがひめちゃんにしてあげられることなんてあるのかな……」

歪な自分が嫌になる。

月野瀬で、沙紀と比べてしまったように。

春希は荒れ狂う感情にズキリと痛む胸を押さえながら、見たくないものを避けるようにして、のろのろと自分の部屋へと向かう。

「ぁ」

パチリと部屋の灯りを点ければ、ベッドの上に転がる猫のぬいぐるみが目に入る。いつぞやのゲーセンで取った、生まれて初めてもらった誰か《隼人》からのプレゼント。

まるで誘われるように近付き、ぎゅっと抱き寄せれば、自然と言葉が零れてしまった。

「……会いたいよ」

そう言って脳裏に思い浮かべたのは、唯一無二の親友《相棒》の姿。

自分でも予想外とばかりに瞠目《どうもく》し、ハッと息を呑む。

それでも冷えた心が少しばかり温かくなっていくのを感じる。

もっとこの熱が欲しくて、一瞬、今から訪ねようかとも考えた。

しかしすぐさまその考えを戒めるように小さく頭《かぶり》を振る。今の隼人は妹《姫子》のことで手一杯だろう。そこへ手と心を煩わせるようなことはしたくない。

また、沙紀のこともある。

ふと今日の昼間、旧校舎で高倉柚朱《たかくらゆず》と見てしまった一輝のことを思い返す。

もし自分が沙紀の知らないところで縋ろうものなら――彼女の想いを知っている今、とてもじゃないがそんな友達を裏切るようなことはできやしない。

「…………」

春希はぬいぐるみをギュッと強く抱きしめた後、手に持って向き合い、そして自分を鼓舞するかのように話しかけた。

「……ここで相棒に、本当の特別になりたいって思うなら、甘えちゃだめだよね！」

春希は、ふんすと鼻息も荒く気合を入れる。

しかしそれは春希の心を余計に締め付ける呪いに他ならない。

それでも春希はニッといつもの強気な笑みを、無理矢理浮かべるのだった。

第9話　そう、決めたもんね

山に囲まれた狭い空。

畑に挟まれるように点在する家屋。

買い物ができる店もろくになく、過疎の進む田舎の山里。

そんな代わり映えのしない小さな世界《月野瀬》において、ひめこにとってはるきはとびきりの笑顔を咲かせる人だった。

『ボクははるき！　キミは？』

『っ！　ひ、ひめこ……』

初めて出会った時も、きらきらと眩《まぶ》しいまでの笑みを浮かべていたのをよく覚えている。

そう言って差し出された手を、結局は驚きと照れから握れなかったことも。

それでもはるきは嫌な顔をすることもなく、兄《はやと》と楽しそうに話を紡ぐ。

『はやとっていもーといたんだね、ちょっとにてる！』

『え、そうか？』

『うんうん、目もとのあたりとか！　でもどうして今日はいっしょだったの？』

『家で1人だとたいくつだって言って、ついてきた。どうするかなー？』

はやとが少々困った顔をすれば、はるきは一瞬「えっ!?」と不思議そうな顔をした後、バシバシとはやとの背中を叩《たた》く。

『なに言ってんだよ、はやと。あそぶなら人数多い方がいいでしょ！』

『え、でもひめこ女だし』

『む、そんなのかんけーないよ！　だよね、ひめちゃん！』

『ぁ……、うん！』

『あ、はるき！　ひめこ！』

そう言ってはるきはぐいっとひめこの手を引いて駆け出す。突然のことだった。

しかしニッと笑うはるきに釣られ、ひめこはこれから起きる楽しいことへの期待に弾けんばかりの笑みを返し、ドキドキと胸をざわつかせる。

背後から必死になって追いかけてくる兄の姿を見てはるきと顔を見合わせれば、あははと自然に声が漏れる。

今までにない高揚感。

新しい世界が拓けていく感覚。

手を引いて走る兄の友達《はるき》が、次はどんな景色を見せてくれるのか楽しみで胸が高鳴っていく。

　この日からたくさん遊んで、様々な思い出を積み重ねていった。

　山で、川で、廃工場で。

　缶蹴《かんけ》り、おいかけっこ、かくれんぼ。

　他にも羊に悪戯《いたずら》したり、怒られたり。しかし何事も全力で楽しみ、笑顔を絶やさなかった。だからひめこも釣られて自然と心が浮き立ちご機嫌になる。

　だからひめこにとってはるきが特別な人になるのも、なんら不思議なことではなかった。

　それは都会で再会してからも変わらない。

　まぁ、男の子だと思っていたからその容姿の変わりようにビックリしたけれど。

　かつてと変わらず兄の隣で笑顔を咲かせ、オシャレして驚かせたり、プールでカナヅチを披露したり、芸能人と一緒になって周囲を沸かせたり。

　他にも映画に買い物、秋祭りなど、一緒に色んなことをして振り回し、振り回されて、いつも楽しい気持ちにしてくれた。

　あぁ、きっと春希《はるき》は。

　誰かを楽しくさせることが好きなのだろう。

　だから母との接し方に悩んでいる姫子《ひめこ》を見て、ああしてくれたのだ。

　そして春希が寄り添ってくれたからこそ、心が軽くなったのも事実だった。

――あぁ、敵わないなぁ。

つくづくそう思う。

そして、そうだったらという願いを降り積もらせる。

もし、男の子だったら――


「――くしゅんっ！　……あれ？」

姫子は自らのくしゃみの音で目を覚ます。

ベッドの上で布団を被らず、クッションを抱えて横になっている。

窓からは朝陽がやんわりと差し込んでいる。どうやら昨日は動画を見ながら寝落ちしてしまったらしい。

掛け布団の上で姫子と同じように転がる、充電ケーブルが繋《つな》がれたままのスマホを手繰り寄せ、いつも起きる時間より15分は過ぎた時刻を目にした姫子はみるみる顔から血の気が引いていき、「ひゅうっ」と息を呑《の》んで喉《のど》を鳴らす。

「時間！　遅刻！　おにぃ、どうして起こしてくれなかったのーっ⁉」

姫子が慌てて文句と共にリビングに飛び込めば、朝食を摂っている隼人《はやと》と目が合った。

隼人は気まずそうな顔で食パンを飲みこみ、「あー」「えー」と母音を転がし、そして少し困った顔で言う。

「その姫子、今日の寝癖は一段とひどいぞ……？」

「ぎゃ――――っ⁉」

指摘され頭に手を当てれば、鏡を見なくても大爆発しているのがよくわかった。経験上、これはかなり手強いだろう。しかも寝坊している。姫子は矢も盾もたまらず洗面所に駆け込んだ。

姫子がブォォォォォォとドライヤーを片手に寝癖と格闘していると、キッチンから声を掛けられる。

「あら姫子、朝ご飯はー？」

「いらない！　時間ない！」

「母さん、こういう時はフルーツヨーグルトサラダだと食べるよ。姫子、いるよな？」

「いるっ！」

「それ、どうやって作るの？」

「バナナとかリンゴとか缶詰とか、冷蔵庫にある適当に切った果物を、水気を切ったヨーグルトとマヨネーズで和えるだけ」

「あら、簡単なのね。こんなのどこで知ったの？」

「ネット。スマホで」

「へぇ」

そんな、かつて月野瀬《つきのせ》でも繰り広げられていた家族の会話が聞こえてくる。

鏡に映る姫子の顔は、随分と眉間に皺《しわ》が寄っていた。


その後、用意されたフルーツヨーグルトサラダを掻《か》き込み、家を出た。少々寝坊したものの朝食の時間を短縮したおかげで、いつもよりちょっと遅いくらいの時間だ。

姫子はぷりぷりと頬を膨らませながら、足早に通学路を歩く。

隣の兄は少しバツの悪そうな顔をしている。

普段ならどうして起こしてくれなかったのと文句を言うところだが、昨日の自分の態度を考えて口を噤《つぐ》む。だけど顔には出てしまっている。

はぁ、と悩まし気にため息を吐く。

頭では大丈夫だとは理解している。しかし不安がぬぐえない。

空気を悪くしている自覚もある。だから何とかしなければと思いを巡らしたのだが、ふと春希の顔が脳裏を過り、「ぁ」と声を上げた。

「どうした、姫子？」

「……ん、別に」

隼人が気遣わし気に声を掛けるも、ついそっけなく顔を逸らす。そんな子供じみたことをする自分にはどうすればいいか思い浮かばないが、春希ならどうだろうか？

昨夜のこともあり、春希にならら相談しやすい。今日顔を合わせたら、放課後時間を作ってもらって話を聞いてもらおう。

あれこれ考えているうちに、いつもの待ち合わせ場所に着く。

既に沙紀《さき》が待っており、こちらに気付くとにぱっと笑顔を咲かせて軽く手を上げた。

「おはようございます姫ちゃん、お兄さん」

「おはよ、沙紀さん」

「……おはよ」

「あれ、春希は？」

「まだです」

「うーん、特に遅れるとかの連絡もきてないよな？」

キョロキョロと周囲を窺《うかが》うも、春希の姿は見えない。今日は寝坊したこともあって最後だと思っていたから、意外だった。

皆で首を捻《ひね》ることしばし。

隼人がしょうがないなとスマホを取り出し連絡をしようとすれば、近くの物陰からおずおずと春希が姿を現した。どうやら隠れていたらしい。

「あーその、おはよう」

「いたのか春希……って、どうしたんだ、その頬？」

「春希さん、それどうしたんですか……？」

「あ、あはは。やっぱりちょっと目立っちゃってる？」

どうしたわけか、春希の左頬はうっすらと赤くなっていた。

もう片方はいつも通りなので、よく目立つ。何かあったのだろうか？

春希は困ったように眉根《まゆね》を寄せ、皆の間に視線を泳がせる。

隼人、沙紀、そして姫子の顔が心配の色に染まっていく。

そして隼人にジッと見つめられた春希は、やがて「うん」と言って頷《うなず》き何かを呑み下《くだ》し、少し躊躇《ためら》いながらもしかし努めておどけた調子を装い、口を開いた。

「昨日さ、帰ったらお母さんがいたんだ。ほら、こないだ浴衣《ゆかた》買いに行った時のＭＯＭＯの動画を見つけちゃったみたいで、それで」

「っ！」

「春希……っ」

「えっと、それって……」

春希の口から母――田倉真央《たくらまお》の話題が飛び出すと、たちまち皆の顔に緊張が走る。

「あ、大丈夫だから！　良い子にしとけって釘《くぎ》を刺されただけだし！」

そんな皆の顔を見た春希はしきりに何でもないよと強調するものの、未だ赤い頬が異を唱えているかのよう。

姫子は後頭部をガツンと殴られたような衝撃を受けていた。

一軒家での１人暮らし。

頬に残る暴力の痕《あと》。

表沙汰《おもてざた》にされていない大女優《田倉真央》の娘。

春希と母親の関係は上手くいっていないを通り越して歪《いびつ》、破綻《はたん》の一歩手前。

ズキリと痛みが走った胸を、ぎゅっと押さえる。春希の事情を、もしかしたら姫子以上に知っているかもしれない兄は、険しい目で彼女を見つめている。

姫子がはらはらと見守っていると、やがて隼人は「ふぅう」と大きなため息を吐き、しかし一転明るい笑みを浮かべて軽い調子で口を開く。

「そっか。けどその頬結構目立つから、学校でツッコまれるかもよ？」

「う、どうしよう……」

「あ、ニキビとかで赤くなった時、コンシーラーで隠すとか聞いたことあります！」

「コンシーラー？」

「肌荒れ隠しだよ。生憎《あいにく》持ってないなぁ。コンビニでも買えるけど、ガチャ数回分はしちゃうし」

「おい、例え方！」

「あはは、私も持ってないです。姫ちゃん、持ってる？」

「っ！　あ、あるっ」

水を向けられた姫子は慌てて鞄《かばん》のポーチから取り出し、春希に手渡す。

「ありがと、ひめちゃん。ちょっと借りるね」

「うん……」

「……あ、ほんとに消えた」

「化粧ってすごいな」

「隼人もしてみる？」

「しねぇよ」

「えっ⁉」

「沙紀さん⁉」

姫子は目の前でわいわいと普段通りを装う春希を見ながら、呆然《ぼうぜん》としていた。

春希のことを思えば、母のことを相談するなんてできるはずがないではないか。

そんなことも気付かなかった自分が恥ずかしい。

その時、鞄の中でスマホが震え通知に気付く。半ば無意識に操作し、確認する。

『返事が遅れてごめん。よく考えてみたんだけど、好きなタイプとか意識したことなかったから、よくわからなかったよ』

一輝《かずき》からだった。

一昨日《おととい》、沙紀と共に愛梨《あいり》の恋愛相談を受けた時に送ったものの返事だ。

ふと秋祭りの時、真摯《しんし》な顔で友達になりたいと言ってくれたことを思い返し、はたと閃《ひらめ》く。秋祭りの一件で悩みが晴れ、スッキリした彼の顔も記憶に新しい。

それだけでなく、有名モデル《MOMO》を家族《姉》に持つとなれば――気付けば姫子は、衝動のままにメッセージを送っていた。

『今日の放課後、会えませんか？』

◇◇◇

中学生組と別れた隼人と春希は、文化祭について他愛のない話をしながら学校へと向かう。

「うーん、嵩張《かさば》るけど、ちょっとしたコスメとか持ち歩いた方がいいのかなぁ」

「んー、そうかもな」

隼人は相槌《あいづち》を打ちながらちらりと春希を窺う。

いつもと変わらない、あっけらかんとした様子だ。

そもそも隼人にとって春希は、いつも明るく笑っているイメージが強い。

かつて月野瀬で遊んだ時も。都会に来て再会してからも。

いつだって屈託のない笑顔を見せていた。

けれど今は、その裏に深い懊悩《おうのう》を抱えているのを知っている。

それだけでなく初めて出会った時の諦《あきら》めの滲《にじ》んだ暗い顔、拒絶の色に染まった濁った瞳《ひとみ》、されど寂しいのは嫌だと藻掻く空気を醸していたのは、忘れられそうにない。

春希をそうさせていた原因は母、田倉真央との関係。

先ほどの頬のことを考えるに、今も上手くいっていないのは確かだろう。

「でさー、吸血姫のあれも教室とはいえステージでしょ？　やっぱ舞台映え用のメイクって……って、聞いてる隼人？」

「え、あぁ、聞いてるよ」

「ほんとかなぁ？」

春希が少し拗《す》ねたように唇を尖《とが》らせれば、隼人は何とも曖昧《あいまい》な笑みを返す。

目の前の幼馴染《おさななじみ》はいつもと変わらない。しかし今はその胸に抱える、幼い頃にはついぞ知ることも気付くこともなかった事情を、知っている。

けれどそれは、ただ知っているだけ。そのことにひどく無力感を覚える。

姫子のことも、みなものこともそうだ。ぎゅっと強く手を握りしめ、眉間《みけん》に皺を刻む。

ふとその時、沙紀の顔が脳裏に浮かぶ。今まで引っ込み思案で口下手だったがしかし、最近とみに輝きを増しどんどん眩《まぶ》しくなっていく彼女から教えられたではないか。

ニコリと笑う沙紀に叱咤《しった》されたような気がして、意を決して口を開く。

「……なぁ、春希」

「うん？　どうしたの？」

「その、また昨夜みたいなこととかあったら、もっと頼って欲しい」

「隼人……」

零れた声には少し懇願するような色が含まれていた。

隼人の言葉を受け止めた春希はジッと見つめ返し、少し困ったような、自分に呆《あき》れたような苦笑いを浮かべる。

そして眉根を寄せて目蓋《まぶた》を伏せ、確認するかのように胸の内を零す。

「……正直、昨夜のことはショックがなかったと言えば嘘になるかな。結構キツかった。今日とかどんな顔すればいいかわからず、思わず隠れちゃってたし」

「ならっ」

「けどね、隼人の顔を見たらどうでもよくなっちゃった」

「………………は？」

春希の言っていることが、今一つよくわからなかった。

今朝のことを思い返すも、特に何もしていない。

思わずどういうことかとまじまじと幼馴染の顔を覗《のぞ》けば、春希は気恥ずかしそうに身を捩《よじ》らせ、一歩前へ飛び出した。そして顔を見せず、背中越しに理由を話す。

「隼人ってさ、同情しないよね」

「それは……」

どういう意味だろうか？　責められているのだろうか？

言葉の意図がわからず渋面を作る隼人に、春希は言葉を続ける。

「ボクが家で1人だということを知った時も、田倉真央の隠し子だって言った時も、他にも色々。さっきだって、そう。一緒に怒ってくれたり、そっと寄り添ってくれたりするけど、決して憐《あわ》れんだりなんかしない」

「当たり前だろ？」

隼人がそう返すと、春希はビクリと肩を震わせ足を止めて振り返った。

「……そういうとこだよ」

「……どういうとこだよ」

「そうやってさ、いつもボクをボクとして見てくれているから、ボクはかわいそうなやつにならずに済んでる。だからさ、思っちゃったんだ。隼人がいればそれで大丈夫なんだって」

「――――ぁ」

そう言って少し照れ臭そうにはにかんだ春希の顔は気負いもなく、綺麗《きれい》だった。それだけでなく素直な言葉には隼人への揺るぎない信頼があり、それが一直線に伝わりドキリと胸が跳ねる。

隼人は「おぅ」と軽く答え、目を逸らす。顔が赤くなっている自覚はあった。

春希も同様に頰を赤く染めていたが、面映ゆさを誤魔化すようにポンッと手を叩《たた》き、別の話題を振り、歩き出す。

「そうだ、今日の放課後さ、早速みなもちゃん家《ち》に遊びに行こうよ！」

「っと、そりゃいいな」

「花壇に行って、約束取り付けないとね」

「あ、やっぱ何か手土産必要かな？」

「え、わざわざいらないでしょ。高校生が友達ん家《ち》に遊びに行くだけだし」

「でもあのじいさん、なかったらグチグチ言いそうだし」

「あはっ、確かに！」

隼人と春希は顔を見合わせくすくすと笑う。

通学路を歩む2人の足取りは、ひどく軽かった。

◇◇◇

青く澄み渡り、気持ちのいい秋の空が広がる昼下がり。

文化祭の準備に沸く校舎のとある教室の一角に、ガタンッという音が響く。

「痛ーッ！」

「おい、大丈夫か海童《かいどう》⁉」

「なになに⁉　今、すごい音したよ！」

「誰か早く、そのローテーブルどけてやってくれ！」

慌てたように叫ぶのは、ローテーブルの片側を持つ男子生徒。その傍にはローテーブルをお腹に載せている一輝。足を滑らせて下敷きになってしまったらしい。

救出された一輝はバツの悪い顔を作る。あまり重いものでなかったのが幸いしたのか、お腹を押さえているうちに痺《しび》れるような痛みもやわらぎ、消えていく。

しかし何人かのクラスメイトたちが心配そうな顔で声を掛けてくる。

「ケガはないか、海童？」

「あぁ、もう大丈夫。ごめん、騒がせちゃったね」

「ならいいけど……それにしても今日はどうしたんだ？」

「調子悪いなら、休んでたらどうだ？」

「そうよ、準備が遅れてるわけでも、手が足りてないわけでもないしさ」

「……あはは」

気遣わし気な彼らに、一輝は苦笑で応える。

今朝からの自分を振り返れば、散々なものだった。

ドアには指を挟み、筆記用具は盛大に床にぶちまけ、持ってきたはずの財布も見当たらない。注意が散漫になっている自覚はある。

原因は今朝届いた姫子からのメッセージ。

彼女への想いを自覚している今、会いたいと言われれば、動揺するなという方が難しいだろう。

このままここにいても足を引っ張るだけかもしれない。

そう思った一輝は立ち上がり、ぎこちない笑みを浮かべ、皆に甘えることにした。

「ちょっと外の空気を吸ってくるよ」

心配そうなクラスメイトの視線を背に教室から逃げるように飛び出し、あてもなくそぞろ歩く。校舎を包む賑《にぎ》やかな喧騒《けんそう》がどこか遠い世界のように感じる。

そのことに少しばかりの苛立《いらだ》ちと羨《うらや》ましさを覚える。まったくもって胸中はちぐはぐだ。

自分が自分の思い通りになりやしない。

それだけ姫子という存在に、心が掻《か》き乱されていた。

人気を避けるようにしていると、やがて校舎裏手の花壇に辿《たど》り着《つ》く。

畝が作られ野菜が植わっており、青々とした葉を揺らしている。

辺りを見渡してみるも、ここの主ともいえるみなもの姿は見当たらない。

当然か。今は文化祭の準備をしているのだろう。

間借りするように近くに腰を下ろし、スマホを開く。

そこに映るのは、今朝姫子と交わしたいくつかのやり取り。

『一体急にどうしたんだい？　僕の方は都合をつけられるけど……遊びの相談なら、隼人くんや二階堂《にかいどう》さんにも声を掛けた方がいいかな？』

『おにぃやはるちゃんに聞かれたくなくて。２人だけでお願いします』

『わかった、皆には聞かれたくない話なんだね？　てことは……このお店で待ち合わせしようか？』

そこで会話は終わり、その後送った店のＵＲＬにも既読が付いている。

普段の彼女らしからぬ、文面から滲《にじ》み出るどこか逼迫《ひっぱく》した空気。

姫子の話とやらがとんと見当もつかず、余計に胸が掻き乱され、眉間に皺《しわ》を刻む。

「『好みのタイプ』、『会えますか』……」

これまでのメッセージを読み返し、もしや、と淡い期待を抱いたものの、即座に頭《かぶり》を振って否定する。思わず期待してしまった自分が滑稽《こっけい》だ。

冷静に考えれば、姫子は自分に特別な感情を抱いていない。

そもそも秋祭り以降、特に何かあったわけでもないのだから、仲が進展するようなことなどあるはずもないだろう。そんなこと、様々な好意を勝手に向けられてきたからこそ、自分が一番よくわかっているではないか。

得体の知れない痛みがズキリと胸を走り、それを誤魔化すように意識を切り替え、ぼんやりとグラウンドの方を眺める。有志がステージを作っていたり、部活関係のグループが出し物の準備をしたりしている。その中には一輝が所属するサッカー部の姿もあった。

サッカー部は伝統的にサッカーナインという出し物をすることになっている。テレビ番組でも見かける、1から9までの数字が書かれたパネルにシュートして打ち抜くものだ。毎年、これがなかなか好評らしい。

毎年同じものをやっているので、準備は部室にあるパネルを出すだけで済む。その分、練習なりクラスの手伝いを頑張れということだ。現在、手の空いている部員がどこか不具合がないかチェックをしているようだった。

一瞬手伝いに行こうと考えたものの、何かでヘマするのが関の山だろう。

まったくもってこの感情は、自分で制御できやしない。空を見上げ「はぁ」と、どうしようもない想いと共に吐き出した息が、青く高い空に吸い込まれていく。

他にも、校門から買い出しに出掛ける生徒の姿もちらほらと見えた。

文化祭の準備中は放課後のショートホームルームもなく自由解散、そのまま帰宅しても気に掛ける人もいない。

……このまま学校にいたところで、できることは何もないだろう。

落ち着かないのならいっそのことと立ち上がり、少々早いものの待ち合わせ場所へと向かうことにした。

一輝が待ち合わせ場所に指定したのは、先日隼人たちと行った美容院のある街の喫茶店だった。

チェーン店ではあるが、街の景観や雰囲気に合わせたレンガ調の異国情緒あふれる内装だ。もちろん値段も変わらない。姉に教えてもらった、穴場とも言える場所だろう。女の子が喜びそうな雰囲気で、待ち合わせするには最適な場所、のはずだ。

それを裏付けるように店内には大学生くらいの女性客が、スマホを弄ったり勉強道具を広げたり、雑誌を読んだりしている。

「……」

一輝は奥まった場所の一角に陣取り、窓から外の様子をぼんやりと眺めていた。

時折、デートと思しきウィンドウショッピングをしているカップルの姿がいくつか目に入ってくる。そういえば、この街は有名なデートスポットでもあったことを思い出し、どうしても色々とそのことについて考えさせられてしまい、顔を顰《しか》め額に手を当てる。

結局、何の話だろうか？

良いこと？　悪いこと？

様々なパターンを思い浮かべ、百面相。

そこへ窓に映った姫子に気付く。

「……一輝さん」

「姫子ちゃん、思ったより……早かった、ね……」

声を掛けられた一輝は、一瞬にして様々な考えが吹き飛び、パッと笑みを浮かべて振り返り――そして大きく目を見開いた。

瞳《ひとみ》に映るのは、困ったような笑みを浮かべ、弱々しく佇《たたず》む姫子。

いつもの快活さはなく、まるで迷子になって今にも泣き出しそうな幼子のよう。思わず言葉が詰まってしまい、浮かれた気持ちや不安なんてものは一瞬にして霧散する。

兄や幼馴染《おさななじみ》には聞かれたくない話――直感的にいつも明るい笑顔の裏で時折滲《にじ》ませていた、暗い影についてのことだと気付く。

あぁ、きっとこれは、彼女が根底に抱えていることについてだ。

緊張が走る。

スッと頭が冷えていく。

そして、きゅっと唇を結ぶ。

一輝は姫子の言葉に救われた。

だから今度は自分の番だ。

緊張感はそのままに、しかし一輝は姫子を安心させるような笑顔を計算し、にっこりと話しかける。

「とりあえず、座りなよ」

「……うん」

一輝に促され、対面に座る姫子。

姫子は顔を俯《うつむ》かせたまま、口をもごもごさせ言いあぐねている。おそらく、何をどう話そうかと頭の中で整理しているのだろう。しばし時間が必要なようだった。

手のひらで弄《もてあそ》ぶカフェオレのカップが、随分と冷たくなっていることに気付く。残りを一気に飲み干し、「ちょっと待っててね」と断りを入れ立ち上がり、カウンターへお代わりを頼みに行く。ついでに姫子の分もと思うものの、彼女の好みが分からず眉根《まゆね》を寄せる。

結局自分と同じ、そして姉が好むミルク多めのカフェラテを2つ手にして席へ戻った。

「お待たせ。姫子ちゃん、カフェラテでよかったかな？」

「え、あ、ありがとうございますっ。お金は……」

「いいよ、これくらい。バイトもしてるからね、カッコつけさせてよ」

そう言って一輝が茶目っ気たっぷりに片目を瞑《つぶ》れば、姫子も「そうですか」と曖昧《あいまい》に笑いカップに口をつける。そして僅《わず》かに眉根を寄せた。

「……ぅ」

「あはは、砂糖入れた方がよかったかな？　うちの姉さん、いつも入れないもんだから」

「そうなんですか？」

「どうもカロリーを気にして、それでね」

一輝が「微々たるものだと思うけど」とおどけた調子で続ければ、姫子もくすりと小さな笑みを零す。それはようやく見せた姫子の笑顔だった。

ただそれだけで一輝の胸に温かいものが広がっていく。自分でも単純だと思いつつも、にやけてしまいそうになる口元を隠すようにカフェラテを運ぶ。

あぁ、やはり。

彼女にはそんな暗い顔は似合わない。

いつだって明るい笑顔でいて欲しい。

そのためにできることなら何だってしてみせよう。

一輝はほんのりと苦いカフェオレと共に不安や戸惑いを呑《の》み下《くだ》し、少しばかり真剣な瞳でジッと姫子を見つめる。そして姫子が話しやすいことを意識して、言葉を紡ぐ。

「今日は急にどうしたんだい？　何か僕に聞いて欲しいことがある、でいいのかな？」

「はい。その……」

「大丈夫、隼人くんや二階堂さんには話さないから。それで、悩みか何かなのかい？」

「それは――」

姫子はそこで言葉を切り、顔に躊躇《ためら》いの色を浮かべ睫毛《まつげ》を伏せる。

そして一瞬の逡巡《しゅんじゅん》の後、心の内を吐き出す。

「——怖い、んです」

「怖い？」

「お母さんが、また、急に、いなくなっちゃうんじゃないかって……」

「えっと、それって……？」

いきなりのことに事情が呑み込めず、少々混乱してしまい首を捻《ひね》る。

すると一輝の様子から前提となる事情を知らないと察した姫子は、恐る恐るといった様子で訊《たず》ねた。

「一輝さん、もしかしておにぃからあたしたちが引っ越してきた理由、聞いてません？」

「いや、特になにも」

「……もぅ、おにぃったら」

姫子は兄に向けて小さく唇を尖《とが》らせながら、不満気にため息を吐く。

どうして隼人や姫子が田舎からやってきたのかなんて、気にも留めていなかった。そもそも引っ越しなんて珍しいことではあるものの、世の中には溢《あふ》れている。

しかし理由を話そうとする姫子の顔には、躊躇いの色が見て取れた。先ほどの話しぶりからして、何か深刻な理由があるのだろう。自然と背筋を伸ばし向き直る。

すると姫子はくしゃりと表情を歪《ゆが》ませ、痛みを堪えるよう胸に手を当てながら、躊躇いつつも口を開いた。

「あたしの目の前で、お母さんが倒れたんです」

「……え」

一輝の表情がピシャリと固まる。

姫子は睫毛を伏せ、少し震える声で、まるで己の罪を告解するかのように、かつての出来事を言葉にして絞り出す。

「キッチンでご飯を作ってる最中に、急に、バタンって、大きな音を立てて。いくら声を掛けても何の反応もなくて……。５年前は子供だったから何もできなくて、今年の夏前は頭が真っ白になって、どっちも結局何もできなくて……」

「姫子、ちゃん……」

想像以上に重い事情だった。

妙な時期の転校だとは思っていたが、母親の病気ならば、急なものにもなろう。

ズキリと胸が痛む。明らかに姫子が抱えている脆《もろ》い部分であり、自分が聞いてよかったのかと狼狽《ろうばい》してしまう。

もし身近な家族が目の前で急に倒れ、パニックから何もできなかったとしたら……？

姫子はその後悔と無力感を込めて呟《つぶや》く。

「あたし、全然大人になれてないや……」

「……ぁ」

「今だってこんな風に思い悩んじゃって、せっかくお母さんが退院したっていうのに、家の中の空気悪くしちゃって……」

その言葉ではたと気付く。

いつも姫子の言動の端々に感じられた、大人への背伸び。

その理由の1つだとすれば、微笑ましく思っていたその部分の意味も変わってくる。

きっと。

姫子は戦ってきたのだ、ずっと。

何もできなかった過去《自分》と。

また同じことがあるかもしれないという、不安と恐怖と。

それでも何とかしようと向き合い、藻掻《もが》いている。

——逃げ出した、一輝と違って。

その姿はまったくもって姫子らしくもあった。

あぁやはり、彼女がひどく眩《まぶ》しい。

だからこそ、強く姫子に惹《ひ》かれているのだろう。

しかしその一方で、姫子に掛ける言葉が見つからなかった。

一輝も顔をくしゃりと歪め、ぎゅっと手を握りしめ唇を強く結ぶ。

何となく話を合わせ、同調することもできる、当たり障りのない優しい言葉なら、思い浮かぶ。

……今までそうしてきたように。

しかしそれは、その場しのぎの対症療法。しかるべき適切な言葉が思いつかない。

そんな自分に愕然《がくぜん》とする。まるでお前は今までそんな薄っぺらい人付き合いしかしてこなかったと、突き付けられたかのようで。

そして複雑な一輝の表情を見た姫子は「ぁ」と声を上げ、申し訳なさそうに肩を小さく縮こまらせる。

「いきなりこんな話、重かったですよね……」

「っ！」

蚊の鳴くような小さな姫子の声。

それはまるでこの話は終わりという宣言にも、拒絶の言葉のようにも聞こえた。

一輝は直感的に、ここが何かの岐路だと理解する。

わずか一瞬の間に、様々なことを思い巡らす。

どうして隼人や春希、沙紀ではなく自分に相談しに来たのだろうか？

きっと彼らだと、距離が近すぎてこうした話ができないに違いない。

翻って自分はどうなのかと考えてみる。

知り合ってまだ4ヶ月ほどの、兄の同級生。

家族や幼馴染と違い、まだまだ希薄な関係性。

その事実に胸が疼《うず》くものの、だからこそ求められているものがあるのだろう。

自分だって姫子のことを姉ではなく、みなもに相談していたではないか。

すぐ傍にいない、離れたところにいる友達だから言えること——一輝は「んっ」と喉《のど》を鳴らし、なるべく明るい表情、軽い声色を意識して、まるで大したことではないというように語り掛けた。

「そんな風にさ、大人ぶろうとしなくていいよ」

「……一輝、さん？」

彼女の頑張りを否定するかのような一輝の言葉に、姫子から怪訝《けげん》な、批難交じりの視線を向けられる。ズキリと胸が痛むが、努めていつもの笑顔の仮面を貼り付け言葉を返す。

「今の姫子ちゃん、とても無理しているように見える」

「それは！　だって……」

「頑張りすぎてるから、心が疲れちゃってるんだよ。素直になって、ちゃんとお母さんに甘えればいい。だってその不安は、お母さんにしか解消できないものなのだから」

「…………そんなことで上手くいくかな？」

「さぁ？」

「さぁって、他人事《ひとごと》みたいに！」

「あはは、ごめんごめん。でも得てしてこういうことって、案外単純なことで解決したりするよ？　ほら、覚えてる？　伊佐美《いさみ》さんがバスケ部の先輩に告白されたことを言いそびれて、伊織《いおり》くんとモメた時とかさ」

当時のことを思い出したのか、姫子は「ぁ」と息を呑み、目を丸くする。

「そういえば、そうですね……」

「案ずるより産むがやすし。帰ったらお母さんにぎゅっと抱き着けばいいよ」

「まったく、簡単に言ってくれますね、もぅ！」

そう言って姫子は拗《す》ねた顔で抗議する。

だがその表情には暗い色が見受けられない。

一輝はダメ押しとばかりに言葉を重ねる。

「もしダメだったら、その時はケーキバイキング奢《おご》ってあげるよ」

「ケーキバイキング！　いいですね、じゃあ上手くいった場合も行きましょうよ。奢りはなしで、皆を誘って！」

「うん、そうしよう」

姫子はカフェオレの残りを一気に飲み干し、「苦っ！」と声を上げ渋い顔を作って立ち上がる。どこか吹っ切れたようだった。

そして晴れやかな笑みを浮かべ、一輝に告げる。

「ありがとう、一輝さん。話を聞いてもらってスッキリしました！」

「どういたしまして。無責任に背中を押しただけだけどね」

「もう、おにぃやはるちゃんみたいなこと言わないでくださいよ！」

「あはは、影響受けてるのかもね」

「一輝さんってば！」

姫子が拗ねたように言いつつ、そこではたと何かに気が付いたのか、振り返る。

そしてまたしてももごもごと何かを言いあぐね、しかし今度は少し恥ずかしそうにしながら口を開く。

「えっと、一輝さん。また相談乗ってもらっていいですか？」

「もちろん」

「実はある人との関係、っていうのかな？　ちょっと思うところがあるというか……」

「…………へぇ？」

少しばかり頬を赤らめ、特定の誰かについての相談をしたいと言う姫子。

思わず『例の好きだった人のこと？』と聞き返そうとして、あわてて言葉を呑《の》み込んだ。

そして、なんとか相槌《あいづち》を打てたと思う。

正直なところ、相手が誰か聞き出したかった。

せめて、男子か女子かだけでも知りたかった。

仮に例の人じゃなかったとしても、恋心《初めての感情》を自覚させられた女の子から特別な相手を匂わす言葉が飛び出せば、気にならないはずがない。

しかしそれは友達としては、兄の友人としては踏み込みすぎる行為だという自覚もある。

ぎちりと。

爪が皮膚に食い込み血が滲《にじ》みかねないほど強く拳《こぶし》を握りしめ、咄嗟《とっさ》に胸の中で荒れ狂うドロリとした黒い感情を呑み下《くだ》す。

幸いにして長年使いこんだ外向けの仮面《作り物の笑顔》は崩れやしない。なんとも皮肉だった。

「とりあえず、今日のところはこれで！　それじゃ！」

「……気を付けて帰ってね」

そう言って姫子はそのまま去っていく。

一輝はその背中が見えなくなるまで見送った後、ふぅ、と自らに向けて大きなため息を吐く。

「…………………これでよかったのかな？」

呟いてみるも、わからない。

姫子に掛けた言葉も、今思い返せばひどく軽いものだ。

しかしわかったこともあった。

姫子は胸に抱えたトラウマを、大人になることで乗り越えようとしている。

きっとそれは一筋縄ではいかないだろう。

だから姫子は一輝に対して、何かあったら愚痴を零したり相談したりできるような、近すぎない友人であることを求めている。身近な存在である兄や幼馴染《おさななじみ》の同級生という立場は、彼らの色々な事情も知っていることもあり、ほどよい距離感なのだろう。

元々一輝が姫子に向けた最初の感情は、応援したい、というものだった。その気持ちは今でも変わらない。だからこの立ち位置に否やはない。

しかしこの胸に生まれてしまった彼女への恋心は、その邪魔になってしまうだろう。

――だって恋人というのは、彼らと同じく近しい人になる、ということなのだから。

それに、本人にその気がないのにそんな感情を向けられても、迷惑だということは身に染みている。

だから一輝は、自らの心にそっと蓋《ふた》をしてカギを掛けた。

大丈夫、外面を取り繕うのは慣れている。

そしてぎゅっと胸を握りしめ、困った顔で自らの心を縛る呪いの言葉を吐き出した。

「……ちゃんと友達になりたいって、言ったもんね」

第10話 自分のことなら耐えられるんだけどね

文化祭の準備に没頭すれば、時間はあっという間に過ぎていく。

放課後、というには少し早い頃。

事実途中で学校を抜け出してきた隼人《はやと》と春希《はるき》は、今朝遊ぶ約束をしたみなもを伴い、彼女の家へと向かっていた。

「やー、みなもちゃんが呼びに来てくれて助かったよ……」

「俺、衣装合わせがあんなに紛糾するものだなんて知らなかった……」

「あ、あはは。すごい熱気でしたもんね……」

ぐんにょりと肩を落とす春希。

げっそりと疲れた表情の隼人。

そんな2人の隣で乾いた笑みを零すみなも。

話題は先ほどまで繰り広げられていた、衣装合わせという名の阿鼻叫喚《あびきょうかん》と化した撮影会。

元々は吸血姫カフェで使う衣装のサイズが合っているかどうかを見るためだった。

しかし春希に手渡されたのは、仮縫いとは？　と言いたくなるようなクオリティのドレスと、打ち合わせになかった複数の衣装に困惑する。担当者たち曰《いわ》く、キャラへの愛が溢《あふ》れてしまったらしい。

そして熱く語る彼らの言葉が、普段は内装や調理といった他部門の人たちの心に火を点けてしまった。

やれ各衣装の作り込みがどうだとか、この曲のための衣装を作ってくれだとか、それぞれに合わせるバンドの衣装や給仕の衣装はどうだとか、喧々囂々《けんけんごうごう》。

当の春希は衣装の出来を見るためと言われ、着せ替え人形にされては様々なポーズを要求されていた。最初こそノリノリだったものの、お昼を摂る間もなく3時間以上もぶっ続けで揉《も》みくちゃにされれば疲労困憊《こんぱい》にもなろうというもの。

しかも彼らには有無を言わせぬ迫力があり、中座も許されない。

プラネタリウムの準備が一段落したみなもがこちらの教室に様子を見に来たところ、それをダシにして脱出してきたのだった。

とはいうものの、3人の足取りは軽い。

特にみなもは落ち着かない様子で口元を緩ませながらそわそわしている。

隼人と春希がそんな彼女に釣られてくすりと笑みを零せば、みなもは気恥ずかしさから頬を染め、視線を前に向け、弾む声でとつとつと話し出す。

「こんな風に、放課後誰かが家に遊びに来るのって小学生の時以来でして。なんだかんだとはしゃいじゃっているのかもしれません」

「あー、中学からは部活が本格的に始まるし、行動範囲も広がって買い物やカラオケとかへ遊びに行くから、誰かの家に行くってあんまりないことかも……って、隼人！」

「べ、別にまだ何も言ってないだろ！」

「中学時代のぼっちで寂しいボクを想像したのか、妙に生暖かい顔してるし！」

「言いがかりだ！」

「じゃあ、そんなことは全然思わなかったんだ？」

「………まぁ、うん」

「目を逸らすなーっ！」

「痛ーっ！」

頰を膨らませた春希がツッコミとばかりに脇腹を抓《つね》り、隼人が大仰に痛がってみせる。

そんな幼馴染同士ならではの、予定調和な子供じみたやり取り。

今度はみなもが頰を緩ませる。

隼人は抓られた場所を擦りつつ、どこか納得した風に言う。

「まぁ姫子《ひめこ》を見てたらよくわかるな。しょっちゅう放課後買い食いしたり遊びに行ったりしてるみたいだし」

「ひめちゃん、あっという間にプチプラ系のお店に詳しくなっててビックリだよ」

「プチプラ？」

「プチプライス。安くて可愛い雑貨やコスメ、ファッションのこと」

「ふふ、確かにそうかもしれませんね。……けど、私は……」

そしてみなもは少しばかり困った顔をした。

隼人は少々引っ掛かりを覚えるものの、隣の春希も深刻な顔で顎《あご》に手を当てながら呟《つぶや》く。

「そういやさ、こういう時って何をして遊べばいいんだろう……隼人、わかる？」

「わかるわけないだろ。そもそも月野瀬《つきのせ》に同世代がいなかったから、誰かの家に行くって発想自体が……。みなもさん、小学校の時とかってどうしてたんだ？」

「ええっと低学年の頃ですが、一緒に本や漫画読んだり人形遊び、他には折り紙やお絵かきとか……」

「あ、あはは。さすがにこの歳になってするようなものじゃないね。漫画は……どういうの読んでるのか気になるけど、皆でできるものじゃないとね。ゲームとかある？」

「今年こちらに来たばかりなので、何も。おじいちゃんの囲碁とか将棋、麻雀なら……」

「どれも3人だと人数が合わないな」

「むぅ。ボク、どれもルールわからないや。花札ならミニゲームでやったからわかるけど」

「いっそ勉強でもしますか？」

「『いや、それはちょっと』」

隼人と春希が声を重ねれば、みなもを中心に笑いが広がっていく。

そうこうしているうちに、みなもの家が見えてきた。

この近郊でも一際目立つ、年代を感じさせる大きな日本家屋は、三岳《みたけ》家の資産の程を感じさせる。

少々気圧されていると、みなもの家の隣の方から声を掛けられた。

「あら三岳さん、みなもちゃんが帰ってきましたよ。あら、お友達も一緒ね！」

「むっ！」

「わふっ！」

「ただいまです、おじいちゃんに奄美《あまみ》さん！　それにれんとも！」

声の主は人好きのしそうな老婦人。そのすぐ傍らにはみなもの祖父と機嫌良さそうに尻尾《しっぽ》を振る大型犬ラフコリーのれんと。どうやら世間話でもしていたらしい。

こちらに気付いたみなもの祖父は孫娘の姿を見て相好を崩すものの、隼人の姿を認めるなりみるみる表情が険しくなっていく。

そしてズカズカと大股《おおまた》で詰め寄ってきたので、隼人も思わず後ずさる。

「こ、ここここ小僧っ！　どうしてここにっ！」

「あーその、お久しぶり、です」

「も、もしやみなもを毒牙《どくが》に⁉」

「た、単に遊びに来ただけですって！」

「みなもは遊びだというのか⁉」

「なんでそうなる⁉」

「もぉ！　おじいちゃん、何言ってるの！」

顔を真っ赤にして怒鳴るみなもの祖父に、隼人は両手を前に出して否定する。

すると何かに気付いた様子の隣家の奄美が声を上げた。

「そういえばみなもちゃんが男の子を連れてくるなんて初めてね！　最近髪型とか色気づいたと思ったら……うふふ、こっちの方の子が、そういうことなのかしら？」

「あ、奄美さん⁉」

「うぐぐぐぐ小僧、やはり貴様……っ！」

「だから違いますって！」

「ならみなもは可愛くないって言うのかーっ⁉」

「もぉーっ、おじいちゃん！」

「春希、気配消して塀と同化してないで、何か言ってくれ！」

「いやいや、こんな面白そうな修羅場、ボクのことはお気になさらず」

「面白いって、おい！」

「あはは……こほん。そう言えば隼人ってよくみなもちゃんの大きな胸に目を――」

「ぴゃっ⁉」「春希っ⁉」「こっ、こっ、こっ、こっ、こっ！」「うふふ、男の子ね」

隼人は助けを求めるものの、悪ノリした春希が火に油を注ぐ。

みなもの祖父は顔を茹《ゆ》でダコのように真っ赤にして摑《つか》みかかり、隼人はしどろもどろになりながらも宥《なだ》めすかす。みなもも横から隼人を援護するものの、胸を隠すように腕で抱いているので、余計にこじれるばかり。

しかしそんな様子を見る春希や奄美の目は微笑ましいもの。

れんとも「わふっ！」と嬉《うれ》しそうに鳴いて尻尾を振っている。

隼人は「余計なことを！」と春希をねめつけるが「にひっ」、といつもの悪戯《いたずら》が成功した時の笑みを返されるのみ。

げんなりとした様子でちらりとみなもを見てみれば、機嫌の良さが感じ取れる。

騒がしくも賑《にぎ》やかで、悪くない空気だった。これだけでもみなもの家を訪れた価値があったかもしれない。

「ったく小僧、今日という今日は――――む」

「……おじいちゃん？　――――ぁ」

しかしその時、騒ぎの中心だったみなもの祖父が急に黙りこくり真顔になる。

突然のことにどうしたのかと顔を見合わせる隼人と春希。首を傾げる奄美とれんと。

怪訝《けげん》に思ったみなもが祖父の顔を覗《のぞ》き込み、視線の先を追い、そして表情を強張らせる。

この場の空気が一気に不穏なものへと塗り替えられていく。

隼人と春希もみなもと祖父が見ている先へと顔を向ければ、そこに1人の人物がいた。

少しくたびれたスーツ姿で痩《や》せぎすの、どこにでもいそうな壮年の男性だ。やけに感情のない能面のような無表情さが気に掛かる。

みなもと祖父はどんどん気まずい空気を醸し出す。奄美婦人はオロオロしだし、れんとは低くうつ伏せ気味に構え「ぐるる」と低い唸《うな》り声を漏らす。

状況を呑《の》み込めない隼人と春希が何も言えないでいる中、みなもは彼女らしからぬ硬い声を男性に向けて放った。

「…………お父さん」

みなもの言葉でそれまで鉄のように硬かった彼の表情が、ピシリと僅《わず》かに歪《ゆが》む。

ますます状況が理解できず眉根《まゆね》を寄せるがしかし、それでも気付くこともある。

どう見ても良好に見えない父娘関係。ここ最近みなもが抱えていた問題は、父親に関することなのだろう。

みなもの祖父はキッと眉を吊《つ》り上《あ》げながら、孫娘を庇《かば》うかのように一歩前に出る。

「何しに来た、航平《こうへい》」

詰問するかのような声色に、緊張の色がありありと滲《にじ》む。

しかし航平と呼ばれたみなもの父はつまらなそうに小さく鼻を鳴らす。

そして色のない瞳《ひとみ》をみなもに向けた。

「あの女の娘に会いに来ただけだ」

「っ！　航平っ！」

その言葉でピシャリと皆の表情が固まった。

みなもはビクリと肩を跳ねさせ、哀し気に瞳を揺らし睫毛《まつげ》を伏せる。

しかし航平はそんな娘《みなも》の様子を気にも留めず、まるでいないものとして祖父へ話す。

「……父さんはなんとも思わないのか？」

「おま、お前、何をっ！」

「アレを傍に置いておくとか、今のオレにはまだ無理だよ」

「っ！」

隼人は瞠目《どうもく》し、息を呑む。

自らの娘に対し、歪《いびつ》な感情を隠そうとしない親。

それを目の当たりにした隼人は反射的に隣の幼馴染《おさななじみ》の頬へと視線がいき、昨夜春希がされた仕打ちを想像してしまって——頭が真っ白になると共に、一気に頭に血が上ってしまう。よその家庭の事情だとか、相手が友人の父親だとか、そんなことは義憤によって吹き飛ばされ、気が付けば彼の胸倉に掴みかかっていた。

「おい、アンタッ！」

「こ、小僧っ！」「は、隼人さん⁉」

「っ！　なんだ、キミは？　我が家の問題だ。部外者は黙っていていただきたい」

「黙っていられるか！　さっきから何だ⁉　みなもさんに、自分の娘に向ける言葉かよ！」

「……………あぁ、それか」

激情をぶつけるようにぎちりとスーツの襟を締め上げ、相手を浮かび上がらせんばかりの勢いの隼人。突然の蛮行ともいえる行動にみなもとその祖父も驚きの声を上げる。奄美婦人も息を吞み、れんとも「わふっ⁉」と興奮気味に鳴く。

だというのに航平は至って冷静にそれを受け流す。

ゆっくりと煩わし気に隼人の手を払いのけ、襟を直しながら変わらない鉄面皮のまま淡々と冷えきった声色で、しかし心の中のドロリとしたものを吐き出した。

「アレは、本当の娘じゃないと思われる……と言えばわかるか？」

「……………………は？」

間の抜けた声が漏れ、再び摑みかかろうとしていた手が宙を彷徨《さまよ》う。言葉の意味が咄嗟《とっさ》に理解できず、にわかには信じられなかった。

しかし押し黙り目を逸らすみなもと渋面で呻《うめ》く彼女の祖父の態度が、彼の言葉が真実だと語っていて。

くらくらと足元がふらつく感覚。

初めは、みなもが父親との間に何かしら諍《いさか》いを抱えているのだと思っていた。

焦燥しきった姿から、理不尽なことを言われているのかとも。

しかしその前提が違ってくる。

彼こそが裏切られていた。

みなもの父こそが被害者だった。

その心の傷はいかほどなのだろうか。

感情を押し殺した鉄面皮はまるで、自らの心を守るものかのよう。

──春希の笑顔《被った仮面》のように。

誰しもが沈痛な空気に溺《おぼ》れそうになる中、みなもの祖父はそれでも藻掻《もが》き喘《あえ》ぐかのように口を開く。

「……まだそうと決まったわけじゃないだろう。そもそも、今までずっと一緒だったじゃないか……」

「オレもそんなに薄情じゃないつもりだ。別に追い出すために来たわけじゃない。学費や養育費だって払うよ。でもケジメだけはつけておきたい」

「っ！　お父さん、これって……」

みなもが「お父さん」と呼ぶ声に僅かに眉根を寄せた航平は、そんなことよりもと鞄《かばん》から小包のようなものを取り出し、みなもに押し付けるように手渡す。

困惑気味に受け取ったみなもはそこに書かれている文字を目にし、みるみる表情を青褪《あおざ》めさせていく。

「DNA鑑定キットだ。白黒はっきりさせておこう」

「お父さん、でも……っ」

「お前も、父でもない男をお父さんと呼ばなくて済むだろう？」

「っ！　航平、お前っ！」

それはみなもにとって、まるで絶縁状を叩《たた》きつけられたかのように見えたのだろう。包みを持つ手がガクガクと震えている。今にも倒れてしまいそうだった。

「――っ！」

ふいに自らを恥じる。そして自分の中の、唯一確かなことに気付く。

隼人にとって友達は、特別だ。

だからみなもに、友達に、あんな顔をさせてはおけない。

どうすればいいかと方法を考えるよりも先に、みなもの下へと駆け出そうとした時、春希の仄暗《ほのぐら》く凍えるように冷たい言葉がこの場を切り裂いた。

「――ボクは、父親が誰かさえわからない、婚外子だ」

「春希……？」「え？」「……春希、さん？」

父娘関係が取り沙汰《とざた》されている中、春希の発言は否が応にも皆の興味を引く。

驚愕《きょうがく》、当惑、狼狽《ろうばい》が支配する空気の中、春希は剝き出《むきだ》しの想いを爆発させた。

「周囲から生まれてこなければよかったと言われた！　母親にも、どうして産んでしまったんだろうとも！　ふざけるなっ、ボクが何をした！　ただ生まれてきただけなのになんで……親の勝手な事情なんかでボクたちを振り回すなーっ!!!」

春希は流れる涙もそのままに声を震わせ、周りの目なんて知ったことかと叫ぶ。

それは今までぶつけられてきた悪意に、耐えに耐えてきた感情の発露。

隼人は春希の気持ちを思えば潰《つぶ》れてしまいそうになる胸を、奥歯が砕けんばかりに噛《か》みしめ、必死になって押さえる。

「行こ、みなもちゃん。こんなところにいちゃいけない！」

「は、はいっ！」

春希はみなもの手を取り、そのまま駆け出す。

航平は「え、あ……」と呻き声を上げ瞠目《どうもく》し、呆然《ぼうぜん》と立ち尽くす。春希の言葉は彼の鉄面皮を打ち砕き、動揺の色に塗り替えていた。

隼人はそんな彼を一目見て眉根を寄せる。そして身を翻した時、みなもの祖父からいっそ懇願するかのような言葉を掛けられた。

「小僧っ！　………………………みなもを、頼む」

「あぁ、もちろんっ！」

そこに込められた万感の想いを受け取った隼人は、任せろとばかりにいっそ獰猛《どうもう》な笑みで応え、２人を追いかけた。

春希とみなもに追いついたのは、住宅街にある公園の前だった。

隼人を待っていたのか入り口付近で２人は手を繋《つな》いだまま、足を止め佇《たたず》んでいる。

「は——」

るき、と言葉を続けようとして、途中で呑み込む。

２人の背中は話しかけるのが躊躇《ためら》われるほど、悲哀を漂わせていた。

春希とみなもが抱えているのは、自分ではどうにもできないことだ。ましてや他人である隼人に、どうこうできやしない。

だけどそれが、何もしないことの言い訳にはならない。必死になってできることを探すがしかし何も見つからず、無力さを痛感し、もどかしさに身を焦がす。

隼人が声を掛けられないでいると、春希が後悔を滲ませた暗い声色で呟《つぶや》く。

「あーあ、ボク何やってんだろ。みなもちゃんのことになると、我慢できなくなっちゃったんだよね……」

「……」

言外に自分のことなら大丈夫だったんだけどね、と含ませて自嘲《じちょう》を零す。

それは暗に、春希がずっと我慢しているということも示していて、隼人は顔を顰《しか》める。

春希は「ふぅ」と大きなため息を吐くと共に、諦《あきら》めに彩られた胸の内を晒《さら》す。

「みなもちゃんを連れ出したところで、どうにもならないんだよね。事実は変わらないし、何かが上手くいくわけじゃない。ただ逃げただけ」

「それは……」

「ボクは、無力だ」

「……っ」

「例えば誰も知らないどこかの街に行ったとして、高校生に何ができる？　学校は？　住むところは？　お金は？　学校をやめて働く？　それをしてどうなる？　……ボクたちはまだ、誰かに生かされている」

春希の言葉が隼人の胸に突き刺さる。

まったくもってその通りだ。

そんなこと、痛いほどわかっている。

幼い時、出会った頃と比べ、随分と背は大きくなった。

料理にバイト、原付免許の取得など、できることも増えた。

もう子供じゃない。しかし、ただそれだけ。

できることはまだあまりにも少なく、とても大人とは言えやしない。

ちっぽけで無力な自分に辟易《へきえき》する。

悔しさからぎゅっと握りしめた拳《こぶし》に爪が食い込み、血が滲む。

だけど同時に、強い想いが胸に湧き起こる。

そんな隼人や春希とは対照的に、みなもは少し照れ臭そうな顔でぎゅっと繋がれた手を掲げ、明るい調子で言った。

「でも、春希さんは私の手を摑《つか》んでくれました」

「こんな私でも一緒にいてくれる人がいるって、すごく嬉《うれ》しかったです」

「みなも、ちゃん……？」

「……ぁ」

大きく目を見開く春希。

みなもが零した笑みに照らされ、春希の硬い表情も氷解していく。

隼人もまだ少し硬い空気を強引に搔き分け、ポンッと春希の頭に手を乗せくしゃりと搔き混ぜ、努めていつもと同じ調子を意識して声を掛ける。

「わぷっ、いきなり何をするのさ！」

「なぁ、よくよく考えたらさ、何もできないのって当然だよな」

「……隼、人？」

「俺だって料理も畑仕事も最初の頃は失敗ばかりしてたし。そういうのを繰り返して、できることを増やしていくしかないんだよな、相棒」

「ぁ。……うん、そうだね」

まだ、何をどうしていいかわからないけれど。

それでも、友達だから。

「ま、ちょっと問題がレアなもんだから、解決方法の見当もつかないけどな」

「軽く言ってくれちゃってさ、もぅ」

「くす。でもそうですね、困ったもんです」

「みなもちゃんまで！」

隼人がおどけたようにそう言えば、くすくすと小さな笑いが広がっていく。

「とりあえず俺ん家《ち》でメシでも食おうぜ。これからどうするか考えるにしてもさ、まずは腹に何か詰めないと頭も回んないだろうし」

「えっと、いきなり私が押しかけても大丈夫なんですか？」

「大丈夫大丈夫、ボクだけでなく沙紀《さき》ちゃんも夕飯食べに来てるし、今更1人増えたところで大して変わらないよ」

「それ、俺のセリフ！」

「……ぁ。ふふっ、そういうことなら」

そう言って霧島《きりしま》家へと足を向け、前を向く。

（……ぁ）

そしてこれだけは言っておかなければ思った言葉を、隼人は背中越しに投げかけた。

「俺はさ、生まれてきてくれてよかったって思ってるから。こうして友達になれて、楽しい日々が送れて……もしいなかったら、俺の世界はきっとひどくつまらなかっただろうな」

気障《きざ》でらしくないことを言っている自覚はあった。

だけど偽らざる本音でもあった。

顔だって燃えるくらいに熱を帯び、赤くなっていることだろう。

恥ずかしい気持ちはある。

だけど、想いは言葉にしないと伝わらないのだから。

隼人が熱くなった頭を誤魔化すようにガリガリと掻いていると、バシンッと強く背中を叩かれた。

「痛ーっ、何するんだよ春希！」

「知らないっ！　隼人が悪いっ！」

「何だよ、それ！」

「ふふっ、今のは隼人さんが悪いです」

「みなもさんまで⁉」

春希はこちらの抗議を無視してズンズンと前を行く。ちらりと見えた耳の先が赤い。

どうして叩かれたかわからず憮然《ぶぜん》としていると、みなもにまで窘められる。

こちらも意味がわからなかった。

しかし振り返り、べーっと舌を出す春希の顔には、何の陰りもなくて。

だからきっと、あの言葉は間違えてはないのだろう。

そのどこか悪戯《いたずら》っぽい笑顔はかつて月野瀬で見たはるきのそれと同じで——そして隼人の好きな笑顔だった。

『はるき、おれたちはずっとともだちだから！』

ふいに、かつて別れの前に交わした言葉を思い返す。

心の中の天秤《てんびん》に、そっと色んなものを載せてみる。

はるきと春希。

かつてと今。

色んな場所で一緒に様々な思い出を重ねてきた。

田舎の川で、森で、あぜ道で。

都会の家で、街のいたるところで、学校で。

そこにあるのはいつだって記憶の鮮烈なところに咲く、はるき《春希》の大輪の笑顔。

だから出会った時と同じように曇っている春希の顔を見て、胸に湧き起こる想いが何なのかと向き合った結果、あっさりと答えが出る。
あぁ、そうか。
心が疼《うず》き出す。
どうしてかだなんて明白だ。
思えば幼い頃からずっと、楽しそうに笑う春希を求めていた。
隼人にとって、友達は、特別だ。
友達と交わり、様々なことに触れ、色んなものを見て、今の自分があるのだから。
月野瀬《田舎》では友達と言える同世代の相手がいなかったから、ことさらに。
友達のために何かをするのは、当然のことなのだ。
秋祭りの時、一輝《かずき》だってそうだったではないか。
だからもう、これ以上見て見ぬフリなんてできやしない。
胸に生まれた想いに突き動かされるように、一歩踏み出す決意をする。
だっていつだって友達《大事な人》には笑顔でいて欲しいから。
だからそんな友達の力になりたいと、力になれる自分になりたいと、強く思う。
——今はまだ、いつもと同じノリで傍にいることくらいしかできないけれど。

幕間

それでも、やっぱり

太陽が西の彼方《かなた》へと落ちていく。

街並みが赤く染まる中、近付く夜の気配に追い立てられるかのように帰宅した隼人《はやと》と春希《はるき》は、飛び込んできた光景に目を丸くして顔を見合わせた。

「あら、おかえりなさい！」

「お、お母さん、これ焦げてない!?」

「火が強いのね。弱めればいいのよ。それくらい焦げてるうちに入らないわ」

「次、レシピだと事前に作った合わせ調味料ってあるけど、どこぉっ!?」

「そこよそこ、目の前」

「これっていつ入れればいいの!?」

「適当よ、適当」

「だからその適当っていつ!?」

どういうわけか姫子《ひめこ》が母、真由美《まゆみ》と共に夕飯を作っていた。食べる専門で、ぐうたらで、インスタント食品でさえ面倒臭がり、放っておけば出来合いの弁当を買ってくる、あの姫子が。

今までロクに料理をしたことがなかったので、当然その手つきは危なっかしい。

だけどその顔は真剣で、そして母への確かな信頼と甘えが見て取れた。

どうやら姫子はいつもの調子を取り戻したらしい。

それはそれで喜ばしいことなのだが、一体何があったのか気になるのも確か。

事情を知っていそうな沙紀《さき》の姿を捜し、そしてソファーで恥ずかしそうに縮こまる彼女を見つけ、目をぱちくりさせた。

「沙紀、さん……？」

「あ、あはは……」

こちらもどうしたわけか、やけにシックな感じのフリフリヒラヒラしたドレス姿。

いつぞや見た春希のそれとは違うデザインだ。犯人の新作だろうか？

それを見た春希はフッと何かを察したような優しい笑みを浮かべ、沙紀も曖昧《あいまい》な笑みを返す。隼人はキッチンの母へと視線をやり、「はぁ」と呆《あき》れたようにため息を1つ吐き、ガリガリと頭を掻《か》く。

「母さんがすまん。嫌ならはっきり断ってくれても」

「いえまぁ、こういうのも新鮮といいますか。その、姫ちゃんみたいに強引――勢いがあって押しきられたといいますか……」

「ったく……それより姫子のアレは？」

「私もよくは……そもそも帰ってきた時は私1人だったんです。これを着させられているうちに帰宅した姫ちゃんが『今日は一緒にご飯を作りたい！』と言い出しまして」

「それは……本当に、一体何があったんだ？」

「さぁ……？」

隼人が眉根《まゆね》を寄せると沙紀も困ったような、けれどこれでよかったとホッとしたような笑みを浮かべクスリと笑う。そして見慣れぬ顔があることに気付き、こてんと首を傾げる。

「あら、そちらの方は……」

沙紀はその人物のある部分を見て、目をスッと細めた。

「ご友人ですか？　初めまして、村尾《むらお》沙紀です。お兄さんのことは小さい頃からよく知っていて、ええ幼馴染《おさななじみ》と言ってもいいでしょう」

「え、えぇっと……」

「それにしても随分と可愛らしく小柄だけど大きい方ですね？　お兄さんが女の人を家に連れ込むなんて珍しいというか意外というか、胸ですか？　やはり大きさですか？」

「ぴゃっ⁉」「沙紀さん……？」「さ、沙紀ちゃん⁉」

沙紀は剣呑《けんのん》な瞳《ひとみ》でみなもの豊かな部分を見ては、自分の胸部に手を当て「私もそこそこあるもん」と言って唇を尖《とが》らせる。

ぎゅっと胸を抱くみなもに、いきなりのことに困惑する隼人と春希。

4人の間に流れるよくわからない空気。

どうしたものかと手をこまねいていると、真由美の歓喜の声が聞こえた。

「あら、みなもちゃんじゃない！　いらっしゃい、よく来たわね！」

「お、お久しぶりですっ」

「っ⁉　……おばさま、お知り合いなんですか？」

2人が知り合いだということに気付いた沙紀が、一瞬ビクリと眉を上げて問いかければ、真由美はケラケラと笑いながら答える。

「入院中仲良くしてた方のお孫さんなのよ。ちょくちょくお見舞いに来てて、それでね」

「そうだったんですね」

「また会えて嬉《うれ》しいわぁ。今日はどうしたの？　三岳《みたけ》さん元気？　あら、それ……」

「……ぁ」

そしてみなもが抱えている包みのパッケージに書かれたDNA鑑定の文字を見て口を噤《つぐ》む。真由美の視線を追った沙紀もハッと息を呑《の》み、オロオロと狼狽《うろた》える。

空気が戸惑いと困惑に彩られた気まずいものへと塗り替えられていく。

隼人と春希もしまったとばかりに顔を強張らせる。

みなもの事情はおいそれと広めていいものではない。

迂闊《うかつ》と言えばそれまでなのだが、それでも隼人は何か言葉がないかと必死に探す。

すると顔を上げたみなもは、強い意志が宿った眼差しで周囲を見回し、硬い声色で皆に告げた。

「これのこと、説明していいですか？」


テーブルを囲みながら、みなもは自らのことをとつとつと語る。

いわゆる托卵された子供かもしれないこと。

真相を知る母が事故で行方不明になっていること。

そしてつい先ほど、不仲な両親のもとを離れ祖父の家に身を寄せていたところへ父がやってきて、ＤＮＡ鑑定を迫られたこと。

どれもが根の深い問題で、これといった答えがあるわけじゃない。

必然的に、リビングの空気は沈痛なものとなっていく。

そんな中、真由美は感極まったのか、瞳を潤ませながら、やや強引に小柄なみなもをぎゅっと抱きしめた。

「その、上手く言えないけど。私にとってみなもちゃんはみなもちゃんよ。おじいちゃん想いで、ちょっぴり早とちりなところはあるけれど、優しい子だってちゃあんと知ってるから」

「……ぁ」

「居場所がないなら、いくらでもうちにいればいいわ。そんなことくらいしかできないけれど」

「でも、あまり迷惑は……」

「迷惑なんていくらでもかけてちょうだい！　でも、心配だけはさせないで。ね？」

「っ！　ありがとう、ございます……っ」

真由美の言葉は、皆の心を代弁したものだった。

隼人たちにとって、確かにみなもは他人だ。だけど、ここに彼女を拒否する者はいない。

ここにいて、いいのだと。

それは正しくみなもに伝わり、張り詰めていた空気が緩む。みなもの頬をスッと一筋の涙が流れる。

そんな真由美とみなもを見て表情を緩めた春希が、あぁやはりといったように呟《つぶや》いた。

「おばさんってさ、ホント隼人とひめちゃんのお母さんだよね」

「いきなりなんだそりゃ？」

「おばさん、いつかの隼人と同じこと言ってるよ」

「うぅん？」

「あ、何かわかります。言うことなすこと、姫ちゃんやお兄さんとそっくりで」

「沙紀さんまで」

春希と沙紀が顔を見合わせくすくすと笑い合えば、隼人はよくわからないと眉間《みけん》に皺《しわ》を刻む。そんな隼人を見てますます笑みを深める幼馴染女子２人。

するとその時、真由美が名案を思い付いたとばかりに明るい声を上げた。

「あ、そうだ！　何ならいっそうちの子になっちゃう？　隼人なんてどうかしら？」

「ふぇっ⁉」「母さん⁉」「おばさん⁉」「おばさまっ⁉」

４つの素《す》っ頓狂《とんきょう》な声が重なる。

真由美はにやにやと楽しそうな、しかし意地の悪い笑みを浮かべて息子を揶揄《からか》う。

「あらー、みなもちゃんじゃ不服？　こんなに可愛くて良い子、中々いないわよ？」

「いや、そういう話じゃなく！」

「あ、そうか。隼人にははるきちゃんがいるもんねー？」

「春希は違ぇっ！」「みゃっ⁉」「っ‼⁇⁉⁉」

今度は春希へと揶揄いの矛先を向け、ケラケラと笑う。

額を押さえる隼人に、驚きの声を上げる春希。みなもは動揺のあまり、しきりに隼人と春希、真由美の顔を順に見やる。なお必死に片手を上げてここにいることをアピールする沙紀には気付かない。

そんな混沌《こんとん》とした空気の中、やけに冷静な姫子の声が響く。

「三岳さんをうちに泊めるのは賛成なんだけどさ、それって大丈夫なの？　同級生の男子の家に泊まるって、世間体的に結構問題あることだよね？」

「それは……」

確かに姫子の言う通りだった。

不義の子と言われているみなもが、付き合ってもいない同級生の男子の家に泊まる――実情はどうであれ、醜聞になるのは想像に難くない。そもそもみなもの父がどう思うことか。

それならばどうすればいいのかと考え込む中、春希が名乗りを上げた。

「じゃあボクん家《ち》においでよ。どうせ使ってない部屋があるしさ」

「え、いいんですか？」

「でも春希、大丈夫なのか？　その、釘《くぎ》を刺されたばっかじゃ……？」

「へーきへーき。どうせ滅多にうちに帰ってこないし、それに友達を家に泊めるだけだし、外聞的にも問題ないよ」

「けど……」

「もう、心配性だなぁ、隼人は」

なんてことはないように春希は笑う。

とはいうものの、隼人は何となく危うい感じがした。

みなももそうだけど、親のことで傷付いているのは春希も同じだ。

ボロボロになっている２人が、支え合うことができるだろうか？

しかし、春希の気持ちも痛いほどよくわかって。

隼人は何も言えず、顔を顰《しか》めるばかり。

こんな時だからこそ何かしたいのに、性別の違いが壁になる。

隼人のそんな歯痒《はがゆ》そうな顔を見た沙紀は、ぎゅっと結んだ手を胸に当てながら、おそるおそる、しかしよく通る大きな声を上げた。

「なら、うちに泊まりませんか？　１人暮らしですし。みなもさんも、春希さんも一緒に」

皆は目を丸くして顔を見合わせたが、沙紀の提案に反対の声を上げる者はいなかった。

◇◇◇

夜もすっかり更けた頃。

それでも多くの車が行き交う幹線道路から住宅街へと入り、街の喧騒《けんそう》も届かなくなるあたりにある、沙紀のマンション。

その最近物が増えてきたリビングで、寝間着姿の沙紀と春希はせっせと家具を移動させていた。

「沙紀ちゃん、せーのでテーブル動かすよ。せー、のっ！」

「んっ、しょ……っ！」

「ふぅ、とりあえずこんなもんかな？」

「そうですね、なんとかスペースは確保できたかと思います」

「あとは布団を運んでくるとして……沙紀ちゃんのと予備で2組、1人はソファーで毛布かな？　さすがにボクん家から布団は運べないし。……これを機に寝袋でも買おうかな」

春希が割と真剣なトーンで呟けば、沙紀はあははと曖昧《あいまい》に笑う。

そこへみなもが廊下からすまなそうに顔を出す。風呂《ふろ》上がりのしっとりと濡《ぬ》れた髪に、沙紀に借りた浴衣《ゆかた》姿。

「お風呂、いただきました。寝巻までお借りしちゃって……」

「いえ、ある意味フリーサイズの浴衣しかお貸しできるものがないといいますか！」

「うんうん、ボクや沙紀ちゃんの手持ちのじゃちょっとねーっ！」

沙紀と春希は浴衣の上からでもよくわかるみなもの豊かな膨らみに目をやり、自分のモノと比べ、神妙な顔で頷《うなず》き合う。

規格外と言えた。羨望《せんぼう》も嫉妬《しっと》も起こらず、『何を食べたらああなるのだろう？　それとも体質？』といった興味の方が先に立ち、思わず思案にふける。

みなもは急に無言になった2人に少しばかり困った顔をしていたが、布団を敷くためのスペースが空けられているのを見て「ぁ」と小さく声を上げた。

「す、すみません！　私ったら何もお手伝いせずに」

「いいのいいの、みなもちゃんは今日色々あったし、ね？」

「そうですよぅ。あ、昨日田舎で採れた秋冬番茶が送られてきたんです。淹れてきますね！」

そう言ってポンと両手を合わせた沙紀は、キッチンに駆け込みお湯を沸かす。

先日皆と買い揃えた茶器を取りに行く足取りは軽く、鼻歌交じり。

不謹慎かな、と思いつつも少しばかりこの状況に心が弾んでいるのも事実だった。

みなもも本人が明るい様子なのと、春希や隼人たちも一緒になって問題を考えてくれているというのも心強くて。

沙紀がお茶を持ってリビングに戻れば、既に布団が運び込まれており、置き場がない。

テーブルも先ほど端っこに寄せたばかり。

そういえばそうだった。自分の迂闊さを恥じ、手元のお盆に視線を落としてどうしたものかと眉根《まゆね》を寄せれば、今度は春希がポンと両手を合わせた。

「沙紀ちゃんの部屋で深夜のお茶会としゃれこもっか」

その提案に、沙紀とみなもはわぁ、と歓声を上げた。

沙紀の部屋に移り、折り畳み式の小さなテーブルにお茶を置く。

お茶うけに何かあったかなと思案していると、春希がにししと悪戯《いたずら》っぽい笑みを浮かべて鞄《かばん》からいくつかお菓子を取り出す。

「わ、これって？」

「さっき家から着替えとか持ってくるついでにね。お茶会にはお菓子が必要でしょ？」

「ふふ、そうですね……ってホルモン味のグミ⁉ 生ハムメロン味の飴《あめ》に、酢豚味のポテチ……」

しかし沙紀はそのパッケージを見て、目を瞬かせた。どれも味が想像できない。一体どこで見つけてきたのやら。隣のみなもも、どこか困った顔。

そういえば隼人が、春希は時々明らかに外れや地雷だとわかっていても、好奇心から突撃する癖があるとぼやいていたことを思い出す。なるほど、これかと苦笑い。

その春希はといえば、そわそわと落ち着かない様子。

さてどうしたものかと眉根を寄せていると、みなもがひょいっとグミを手に取った。

「これ、『グミの触感でホルモンをリアルに再現、病みつき間違いなし！』ですって」

「気になるよね、それ⁉ まぁボク、ホルモン食べたことないから比べられないけど」

「じゃあ今度、食べに行ってみるのもいいかもですね」

「そうだね！ あ、そういや夏に隼人たちが焼肉食べ放題に行ってさー――」

「あ、その話姫ちゃんも――」

「家のホットプレートで焼くと煙が――」

春希が持ってきたお菓子は、確かに微妙なものばかりだった。

しかしホルモンってこんな風にクニクニした食感なのだとか、飴なのに肉の味がして味覚がバグるとか、酢豚の味の再現度が高すぎて何を食べているのか混乱するだとか、話のネタになってとても盛り上がる。

一度点いたお喋《しゃべ》りの火は、食べ終わっても消えずに続いていく。

ここにいない霧島兄妹《きょうだい》、文化祭準備でのあれこれ、1人暮らしの失敗あるある、エトセトラ。流れる空気はすっかり友達同士のそれだ。

やがて湯呑《ゆのみ》も空になり、時計の針が随分進んでいることに気付く。

「あ、そろそろいい時間だね」

春希がそう呟けば、誰からともなくテーブルを片付け始める。

リビングにはソファーと布団が2枚川の字になって並べられており、春希は「特等席もーらいっ♪」と言ってすかさずソファーへと飛び込む。

そんな春希らしい行動に、沙紀はみなもと顔を見合わせ苦笑い。

だがそれは、みなもを布団で寝かせるための彼女なりの気遣いなのだろう。

そんなことを考えながら灯りを消そうとしていると、みなもが端に寄せてあるテーブルの上のあるものに気が付いた。

「あらノートパソコン。珍しいですね」

「え、そうですか?」

「スマホがあれば、ネットとか色々事足りちゃいますし」

「んー、ボクんちにあるパソコンも実質ゲーム機みたいになってるね」

「そうですね、確かにあのノートパソコンもゲーム専用かも」

「うんうん、ボクが貸してるえっちなゲーム用だね」

「ぴゃっ⁉」「は、春希さん⁉」

いきなりの暴露に涙目で抗議の声を上げる沙紀。

チロリと舌先を見せて受け流す春希。

「でも沙紀ちゃん、話が面白かったからはまっちゃってるでしょ?」

「そ、それはまぁ……」

「えっちな表現だからこそ描ける話だもんね」

「確かに最初は偏見がありましたけど、実際そういうシーンがあるからこその盛り上がりがありますね」

「だから沙紀ちゃんはそんな話が好きなえっちな子だと」

「はい! って、違います!」

「ふふっ」

「も、もぉ、みなもさんも笑わないでくださいよぅ！」

「あは、あはははっ」

「みなもさん？」「みなもちゃん？」

そして突然、みなもはおかしくてたまらないとばかりに笑いだす。

いきなりのことに呆気《あっけ》に取られ、顔を見合わせる沙紀と春希。

やがてひとしきり笑い終え、目元の涙を拭《ぬぐ》ったみなもは、スッと目を細めて向き直る。

「急にごめんなさい。でも何だか不思議で、おかしくて。つい放課後までこの世の終わりみたいな気持ちだったのに、こうして笑っちゃって。笑えるんだって。沙紀さんとは今日初めて会ったというのに、泊めてもらっちゃって」

そう言って、みなもは笑う。自嘲《じちょう》気味に、少し困った顔で。

しんみりとした空気が流れる。

そんな中、春希がふと胸の内を零した。

「みなもちゃんの気持ち、ちょっとわかるかも。ボクもそうだった」

「……え？」

「こんな生まれだからさ、どこ行っても大人たちに疎まれちゃって。だからこの世のすべてを呪ってた。けど、誰かさんが強引に色々遊びに連れ出してくれてさ、気付いたら笑うようになってたんだよね」

「春希さん……」

そう言って、春希も笑う。自らの胸に手を当て、そこに仕舞っている大切な宝物を自慢するかのように。少し、照れ臭そうにして。

そしてどれだけその誰かさんのことが彼女にとって大きな存在かが伝わってきて、きゅっと沙紀の心を締め付ける。

「わ、私もっ」

思わず声を上げてしまったのは、対抗心からか。

沙紀はかつて自身の世界が変わったきっかけを語る。

「私も、巫女《みこ》舞を何のためにするのかわからなくて、辛くて、苦しくて、どうしようもなくて……でもっ！　そんな私にたった一言、『綺麗《きれい》でカッコいい』と言ってくれたから、どういう風に向き合えばいいかわかって、その……」

言って、後悔する。語尾がどんどん小さくなっていく。

みなもや春希の凄絶《せいぜつ》なそれと比べ、自分の問題のいかにちっぽけなことか。

真実、客観的に見てそうなのかもしれない。

だけど、それでも。

その言葉で沙紀が救われたのも真実だった。

あの時胸に生まれた憧憬《しょうけい》、想い、彼に惹《ひ》かれた理由。

それが言葉となって口から飛び出した。

「私もお兄さんみたいに、誰かの笑顔を作れるような人になりたい」

胸を張って隣に立つために、という言葉は呑《の》み込んで。

沙紀の言葉を聞いて目を丸くする春希とみなも。２人がジッと見つめてくる。

大それたことを言ってしまっただろうか？

羞恥《しゅうち》から頬が熱くなっている自覚はある。しかし沙紀の偽らざる本音だ。

だから沙紀は２人の目を見据え、しどろもどろになりつつも胸にある彼女たちへの想いを形作った。

「だからその、まだまだ力不足かもしれないけど、頼ってくれたら嬉《うれ》しい、です」

沙紀がそう言えば、春希とみなもは顔を見合わせくすりと笑みを零す。

そしてみなもは沙紀と春希の顔を見て、遠慮がちに、しかしはっきりと言った。

「私のこと、聞いてもらえますか？」

みなもの言葉を受け、沙紀はごくりと喉《のど》を鳴らし、表情を強張らせる。

自分で言い出したことだ。否やはない。

しかし話が話なので、緊張するなというのも難しい。

沙紀がまごついていると、春希が少し躊躇《ためら》いがちに口を開く。

「ね、電気消してさ、布団の中で話さない？」

「え？」「春希さん？」

いきなりの提案に、沙紀とみなももどういうことかと顔を見合わせ、首を傾げる。

その春希はといえば、少し気恥ずかしそうな顔で視線を逸らし、呟《つぶや》く。

「ボクさ、隼人にお母さんのこと打ち明けた時って、電話越しだったんだよね。スラスラ言えたのって、多分自分の顔も相手の顔も互いに見えなかったからだと思う。だから……」

沙紀はその言葉でハッと気付く。

みなもの事情はとても重いものだ。話を聞いて顔に出ない自信がない。

それを見た彼女はどう思うのか？

決して、同情されたくて話すわけではないだろう。

そこまで気が回らなかった沙紀は、自らを恥じるように肩をすぼめながら灯りを消し、布団を被る。

「……」「……」「……」

しばし互いの息遣いのみがリビングに響く。

窓からは月野瀬《つきのせ》とは違う、少しぼんやりとした月と星灯り。それから時折通り過ぎる自動車の音。

どう話そうかと言葉を探していたみなもは、やがて自分の胸のうちを整理するかのようにとつとつと語りだす。

「うちは地方の一軒家で、週末はよく買い物や映画に、夏休みや春休みなんかには動物園や遊園地、旅行にも連れていってもらってました。私もよく我儘《わがまま》を言ってお母さんを困らせて、でもお父さんがまぁまぁと言って窘めて。そんなどこにでもよくある、仲の良い家族だったと思います。そして、こんな日々がずっと続いていくんだと思ってました」

その言葉を受けて、沙紀も自らの幼少期のことに思いを馳《は》せる。

脳裏に浮かぶのは巫女舞の練習の合間を縫って、よく山の麓《ふもと》にあるショッピングモールや、長期休みには車で旅行や温泉に連れていってもらった記憶。

きっとみなもの家もそんなどこにでもある、ありふれた家族だったのだろう。

「それが崩れたのは突然でした。ある日、血相を変えて帰宅したお父さんがお母さんに詰め寄ってまくし立てて……あれだけ仲が良かったのに喧嘩《けんか》ばかりするようになっちゃって、私も本当の娘じゃないかもって言われて、それが悲しくて辛くて、でも自分じゃどうしようもなくて……話し合いが終わる前に、お母さんは船の事故に巻き込まれて行方が……」

「……っ」「っ」

沙紀は言葉を失う。その後みなもの父のやり場のない感情が彼女に向かってしまったことは、想像に難くない。

大切な日常が、ある日突然壊れてしまう辛さは知っている、つもりだ。だからこそ後悔はすまいと一歩を踏み出し、今ここにいる。

けど、それでも。

手のひらを返すかのように、大好きな人に悪意を向けられたことはない。

それはいかほどの苦しみか。

もし隼人に嫌われたら――ちらりと想像しただけでも、ぶるりと背筋が凍りそうな恐怖を覚える。

あぁ。

一体、彼女はどれだけの傷を心に負ったのだろう？

重苦しい沈黙が暗いリビングを支配する。

何か言葉を掛けなければと探すが、見つからない。思いだけが空回り。

沙紀にはまだ、そうした人生の経験値が圧倒的に足りず、自らの非力を厭《いと》う。

春希もまた、何度かごろりと寝返りを打つばかりで、どんな言葉を投げていいのかわからないようだった。

マンションの傍を通り過ぎる車の音を何度か聞いた頃。

みなもはポツリと胸の内を零す。

「……どうして、こうなったんだろ」

きっと無意識だったのだろう。そんな、嗚咽《おえつ》交じりの涙声。

溜《た》め込んでいた感情が、思わず心の堤防から溢《あふ》れてしまったもの。

しかしそれはみなもが、ぎりぎりの状態であったことを如実に表していて。

だから沙紀はその心を決壊させまいとばかりに、咄嗟《とっさ》に言葉を紡いだ。

「みなもさんはそれだけ、お父さんやお母さんのことが大好きなんですね」

「…………ぁ」

呆気に取られたようなみなもの声が漏れた。

考えなしに、ただただ思ったことを言っただけ。自分でも浅慮だったと眉根《まゆね》を寄せる。

何とも言えない空気が流れる。

だけどみなもはスンッと洟《はな》をすすり、そしてしっかりとした声色で自らの胸の内を確かめるように呟いた。

「そうですね。私、それでもやっぱりお父さんのことが、好き」

「……っ」

まるで唄《うた》うかのような囁《ささや》き声。

しかしまるで宣言のようにも聞こえるそれは、胸の深いところを強く打ち、感嘆の声を漏らさせる。

まだ、どうすればいいかわからないけれど。

沙紀は彼女のその気持ちが伝わればいいなと、強く願うのだった。

エピローグ

翌朝。

ベッドで身を起こした隼人《はやと》は、目覚まし時計がいつもより幾分か遅い時間を示していることに顔を顰《しか》める。

昨夜はあの後沙紀《さき》の家に行った春希《はるき》とみなもから連絡はこず、隼人は布団の中でやきもきしながらいつの間にか眠りに落ちていたようだ。

眠気を払うように小さく頭を振りながらリビングに足を踏み入れ、目の前に広がる意外な光景に目をぱちくりさせた。

「おはよ、おにぃ」

「っ！　あ、あぁ、おはよう、姫子《ひめこ》」

隼人に気付いた姫子は一瞬顔を向けるものの、すぐさま手前のフライパンに目を落とし、おっかなびっくりボウルから卵液を流し込む。

ジュッと油の撥《は》ねる音に、ビクリと肩を震わせる妹。

大方、スクランブルエッグでも作っているのだろう。それはわかる。

だが昨晩に引き続き、今までにないことに面食らうのは無理もないだろう。

「あら、おはよう隼人」

「母さん」

そこへ洗面所から母の真由美《まゆみ》が顔を出す。

呆気《あっけ》に取られている隼人の顔を見た真由美は、くすりと笑う。

「あの子、いきなり朝ご飯作るって言いだしてね」

「姫子が？　急に？　何で？」

「さぁ、何かしら心境の変化があったんじゃない？　ふふっ、娘にご飯を作ってもら『わ、わーっ！』あらあらあら！」

「……」

話している最中に、姫子の慌てた声がした。

真由美はすぐさま娘の下へと駆け寄り、コンロの火を小さくする。そして宥《なだ》めるようにして姫子の手を取り木べらで一緒に掻《か》き混ぜる。

それはどこにでもありそうな、しかし霧島《きりしま》家では珍しい光景。

ここ最近、妹の変化は目まぐるしい。

「……着替えるか」

隼人は敢えてそう呟き、母娘が和気藹々《わきあいあい》と朝食を作る姿を背に、少し釈然としない顔で自室へと戻った。

ダイニングテーブルの上にはポロポロになったスクランブルエッグが鎮座していた。おそらく火加減を間違えたのだろう。

「いただきます」

隼人は不格好なそれに苦笑しながら手を合わせ、早速口へと運ぶ。

なるほど、見た目はアレだしたまに胡椒《こしょう》のダマがある。どちらかと言えば卵そぼろじみているが、味は決して悪くはない。初めてにしては上出来だ。

「ん、なかなかいいんじゃないか、姫子」

「……次は失敗しないから」

隼人が素直な感想を零すも、姫子は不服なのか眉根を寄せて言い返す。

母はただ、その様子を微笑ましそうに見守り、食べる手を進めるのみ。

やがて皿は空になり、最後に頬張ったトーストをミルクコーヒーで流し込んでいると、スマホがメッセージの着信を告げた。すぐさま画面を見た姫子が言う。

「あ、今日沙紀ちゃん日直だから先に学校に行くって」

「へぇ」

「だからはるちゃんとみなもさんも、沙紀ちゃんに合わせて先に行ってるってさ」

ビクリとカップを持つ手が止まり、思わず眉間《みけん》に皺《しわ》を刻む。

隼人も確認すれば、同様の内容のメッセージがきていた。

なるほど、そういう事情ならば仕方がない。そういう日もあるだろう。

しかし昨日は色々あったのだ。

だからといって、何かできるというわけではないけれど。

「…………そっか」

隼人は少しばかりの苛立《いらだ》ちと寂寥《せきりよう》感を滲《にじ》ませて、ただそれだけ呟く。

そしてほんのり苦いコーヒーを一息に呑《の》み下《くだ》す。「ごちそうさま」と言って食器を流し台に置き、部屋に戻って鞄《かばん》を引《ひ》っ摑《つか》んでそのまま玄関へ。

靴を履いていると、背中に姫子から声を掛けられる。

「おにぃ、待ってよ」

「っと、悪ぃ」

「それと、はいこれ」

見覚えのある包みを手渡され、しかしそれが意外なもので一瞬何かわからず、疑問形の言葉を投げ返す。

「……弁当？　これも姫子が？」

「これはお母さんが」

「そうか」

「む」

隼人がホッとしたように声を漏らせば、姫子は不満気に唇を尖《とが》らせる。

それを見て失言に気付いた隼人が、「あー」と唸《うな》りつつ機嫌を直させる言葉を探している隙に、靴を履いて家を出る準備を終えた姫子が「はぁ」と、嘆息を1つ。

しょうがないなと言いたげな優し気な目で、苦笑した。

「行こ」

「……おぅ」

事前に連絡があった通り、いつもの待ち合わせ場所には誰もいなかった。

隼人は「ふぅ」と、寂寥感の交じった息を吐き出しながら通り過ぎ、空を仰ぐ。

空の低いところで秋らしい高積雲が、羊が群れを成すようにすいすいと泳いでいるのを見て、初めてみなもと出会った時のことを思い返す。当時はぴょこぴょこと動く癖っ毛が月野瀬《つきのせ》の羊と重なったっけと、懐かしそうに目を細める。

ふいに頬を撫《な》でる肌寒い空気にほんのりと水気を感じた。もしかしたら雨雲に変わるのかもしれない。

するとそれがまるで今にも泣き出したそうな彼女を彷彿《ほうふつ》とさせ眉を寄せ、自然と足取りも速くなる。

「おにぃっ」

その時背中に、またも姫子の鋭い声が掛けられた。

はたと気付き振り返れば、随分離れたところに呆《あき》れと抗議の色を含んだ妹の顔。

どうやら気が急いて周りが見えなくなり、置いていってしまったらしい。

「……悪ぃ」

「もぉ、これくらい別にいいけど。そんな焦らなくたって、はるちゃんたち逃げないよ」

──違う。春希やみなもは自分の生まれや過去からは──

「っ、逃げられないんだよ」

つい焦燥ともどかしさに突き動かされ、反射的にそんなことを口にする。自分でもハッと息を呑むほどの大きな声が出た。

同時に昨日の春希の言葉も思い返す。

『──ボクたちはまだ、誰かに生かされている』

それはみなもを連れてただ逃げただけだと嘯《うそぶ》いた春希が、しかしどこにも行き場がないと思わず零した胸の内。

拳《こぶし》を痛いぐらいにぎゅっと握りしめる。

姫子はそんな険しい顔をしている隼人を責めることもなく、一瞬驚いた表情をしたものの、フッと優しい笑みを浮かべて近寄り、ポンと背中を叩《たた》いた。

「そ。なら、おにぃがまた、そこから連れ出してあげなきゃだね」

「…………え？」

――そんな過去が霞《かす》んでしまうような場所へと。

姫子はさも当然であるかのように、まるでそれが役目でしょといった風に唄《うた》うように告げる。

ガツンと頭を殴られたかのような衝撃が走り、隼人は大きく目を見開く。

ふと、初めてはるきと出会った時のことを思い返す。

どこか諦《あきら》めを悟ったかのような暗い顔、他人を拒絶する濁った瞳《ひとみ》、何もかも信じられないと膝《ひざ》を抱え込むも自分を見てくれと言わんばかりの姿が、気に入らなかった。

あの時ははるきの事情なんて知らなくて、本当、ただ気に入らなくて。

それでも強引に連れ出した後、引っ越しで別れるまでの間、はるきはずっと笑顔だった。

だから、隼人の中のはるきはいつだって笑っている。

始まりはあんな顔をするしかなかったのかもしれない。

けれどあの時、確かに笑顔を咲かせられる場所へと連れていけたではないか。

だから、きっと。

今の春希たちだって。

隼人は顔を引き締め、ぎゅっと拳を握りしめる。

「それじゃ、あたしはこっちだから。……文化祭楽しみだね、おにぃ」

いつしか分かれ道に来ていた姫子は一瞬振り返り、返事も待たずにそれだけ言って去っていく。その顔は優し気で、そしてやけに大人びて見えた。

「ったく、軽く言ってくれちゃって」

きっと。

できるかできないかでなく、やるかやらないかの問題なのだ。

表情を緩めた隼人は愚痴のように呟《つぶや》くがしかし、その顔は決意にも満ちており、自分の向かう先《未来》が少し見えた気がしていた。

あとがき

アニメ化企画進行中です！

あ、雲雀湯《ひばりゆ》です！　正確にはどこかの街の銭湯・雲雀湯の看板猫です！　にゃーん！

はい、ちょっと感情が先走っちゃいました！　アニメになって隼人《はやと》が、春希《はるき》が、沙紀《さき》が、姫子《ひめこ》が、みなもが、一輝《かずき》が、てんびんの皆が動いて喋《しゃべ》っちゃうようですひゃっほう！

やはりアニメ化といえば作家の夢の到達点の1つですね！　最初にその話を伺った時、どこか遠いことのようで、「ほーん。あ、そっすかー」的な塩反応をしたのを覚えています。しかしシソ様からのお祝いイラストを頂いたり、スニーカー文庫35周年の番組へのコメントを書いたりしているうちにじわじわと嬉《うれ》しさが込み上げ、現在に至ります。原作者として、一視聴者として、どうなるのか今から楽しみにしております！　にゃーん！

とまぁ、6巻から結構間が空いちゃいましたが、良いニュースと一緒にお届けすることができました。とはいえアニメ化に向けては動き出したばかり、放映は結構先の方になるかと思いますが、これからもてんびんの応援、お願いします！　原作も気合入れて書くぞー！

さて7巻ですが、文化祭編前半って感じです。色んなところの仕込みに終始していたといいますか、消化不良になってないかな？　どうかな？　7＋8巻は大きな1つの話として考えており、そして、てんびん第2部で一番やりたかったところ、それこそてんびんを書き始めた当初から描きたかったシーンに向かって進めております。是非、次回も楽しみにしていただけたらな、と。

あと7巻では姫子のことを色々やりきった、というのもありますね。母が倒れたことに起因するあれやこれ、今一度4巻のプロローグも合わせて読んでいただけたらいいかもしれません。一応、1巻のころから姫子だけ母親のお見舞いに行ってなかったり、そのことに不自然さが出ないように色々気を配ったりもしていました。これから、抱えていたものを下ろした姫子だからこその活躍に、作者としても期待しています。

ちなみにみなもの設定ですが、1巻登場時からあったものです。もうちょっと早くそのことを出したかったんですけどね、このタイミングになってしまいました。

そういえば6巻あとがきで触れた和歌山県有田市にある漁協のお店ですが、そこのマグロ解体ショーを見に行ってきました。初めて見ましたが、あっという間に解体されましたね。想像以上に速くてびっくり。各部位の説明もあって、中々見応えがありました。もちろん、その日のお昼はマグロづくし丼です。8巻の文化祭でその辺の取材の成果を出したいところ。出せるかな？　どうやって出そう？

ところで話は変わりますが、色んな作家さんのあとがきを見るのって好きなんですよね。だから自分も紙面の許す限りあとがきを、とは思うものの、何を書いていいのかわからなくて。毎回苦労しております。そのことを友人の作家さんに愚痴ったところ、返ってきた言葉が、「脳みそを空っぽにして好きな数字について語ろう」と。何言ってんだ、こいつ？　理系か？　理系だから数字なのか？　ただ熱弁を振るわれた、24という数字の良さはなんとなくわからなくもないです。時間や月、ペットボトル飲料をケース買いする時の個数などで馴染《なじ》みもあり、割り切れる数字も多く、分けやすい。あとは18という数字にドキリとするくらいですが、数字というよりレイティング的な意味ですね。他に特に好きな数字、と考えてひねり出したのが……一意専心、二律背反、三者三様、四分五裂、六菖十菊とかの言葉。話が数字からちょっとズレてますね。そんな私は文系です。高校の時出会った物理がわからなすぎて、ちょっと悲しすぎる点数を叩《たた》き出してしまいましてですね、今でも学年末の3月に追試を受けていたことを強く覚えています。それで理系の道は閉ざされました。だからといって文系科目が得意というわけでもなく、現国とかかなり苦手でしたが。それでもこうやって小説を書いているので、人生ってわからないものです。

コミカライズの話を。大山樹奈《おおやまきな》先生の描くコミックスの4巻も発売中です。そちらの方もよろしくお願いしますね。密かに毎回カバーのどこかに羊がいないか期待しています。あのデザイン、可愛らしくて好きなんですよ。

最後に編集のK様、いつも様々な相談や提案、ありがとうございます。イラストのシソ様、美麗な絵をありがとうございます。私を支えてくれた全ての人と、ここまで読んでくださった読者の皆様に心からの感謝を。これからも応援していただけると幸いです。

きっと、寄せられた多くのファンレターがアニメ化への原動力になったと思います。だからこれからも気軽に、いっそ軽率に、今回はアニメ化のお祝いの気持ちを込めて送ってくださいね！

え、何を書いていいかわからない？

やはりここは、『にゃーん』と一言書くだけでいいんですよ！

にゃーん！

令和5年　9月　雲　雀　湯

読者アンケート実施中!!

ご回答いただいた方の中から抽選で毎月10名様に
「図書カードNEXTネットギフト1000円分」をプレゼント!!

URLもしくは二次元コードへアクセスし
パスワードを入力してご回答ください。

https://kdq.jp/sneaker

[パスワード：dautu]

●注意事項
※当選者の発表は賞品の発送をもって代えさせていただきます。
※アンケートにご回答いただける期間は、対象商品の初版（第1刷）発行日より1年間です。
※アンケートプレゼントは、都合により予告なく中止または内容が変更されることがあります。
※一部対応していない機種があります。
※本アンケートに関連して発生する通信費はお客様のご負担になります。

スニーカー文庫の最新情報はコチラ!

新刊 / コミカライズ / アニメ化 / キャンペーン

公式X（旧Twitter）

[@kadokawa sneaker]

公式LINE

[@kadokawa sneaker]

友達登録で
特製LINEスタンプ風
画像をプレゼント!

転校先《てんこうさき》の清楚可憐《せいそかれん》な美少女《びしょうじょ》が、昔男子《むかしだんし》と思《おも》って一緒《いつしょ》に遊《あそ》んだ幼馴染《おさななじみ》だった件《けん》7

著　雲雀湯《ひばりゆ》

角川スニーカー文庫　23648

2023年12月１日　初版発行

発行者　山下直久

発　行　株式会社KADOKAWA
〒102-8177 東京都千代田区富士見2-13-3
電話　0570-002-301（ナビダイヤル）

印刷所　株式会社暁印刷
製本所　本間製本株式会社

●お問い合わせ
https://www.kadokawa.co.jp/（「お問い合わせ」へお進みください）
※内容によっては、お答えできない場合があります。
※サポートは日本国内のみとさせていただきます。
※Japanese text only

Printed in Japan　ISBN 978-4-04-113650-8　C0193

★ご意見、ご感想をお送りください★

〒102-8177 東京都千代田区富士見 2-13-3
株式会社KADOKAWA　角川スニーカー文庫編集部気付
「雲雀湯」先生
「シソ」先生

角川文庫発刊に際して

角川源義

第二次世界大戦の敗北は、軍事力の敗北であった以上に、私たちの若い文化力の敗退であった。私たちの文化が戦争に対して如何に無力であり、単なるあだ花に過ぎなかったかを、私たちは身を以て体験し痛感した。西洋近代文化の摂取にとって、明治以後八十年の歳月は決して短かすぎたとは言えない。にもかかわらず、近代文化の伝統を確立し、自由な批判と柔軟な良識に富む文化層として自らを形成することに私たちは失敗して来た。そしてこれは、各層への文化の普及滲透を任務とする出版人の責任でもあった。

一九四五年以来、私たちは再び振出しに戻り、第一歩から踏み出すことを余儀なくされた。これは大きな不幸ではあるが、反面、これまでの混沌・未熟・歪曲の中にあった我が国の文化に秩序と確たる基礎を齎らすためには絶好の機会でもある。角川書店は、このような祖国の文化的危機にあたり、微力をも顧みず再建の礎石たるべき抱負と決意とをもって出発したが、ここに創立以来の念願を果すべく角川文庫を発刊する。これまで刊行されたあらゆる全集叢書文庫類の長所と短所とを検討し、古今東西の不朽の典籍を、良心的編集のもとに、廉価に、そして書架にふさわしい美本として、多くのひとびとに提供しようとする。しかし私たちは徒らに百科全書的な知識のジレッタントを作ることを目的とせず、あくまで祖国の文化に秩序と再建への道を示し、この文庫を角川書店の栄ある事業として、今後永久に継続発展せしめ、学芸と教養との殿堂として大成せんことを期したい。多くの読書子の愛情ある忠言と支持とによって、この希望と抱負とを完遂せしめられんことを願う。

一九四九年五月三日

お見合いしたくなかったので、無理難題な条件をつけたら同級生が来た件について

桜木桜

イラスト clear

story by sakuragisakura
illustration by clear

わたしと嘘の"婚約"をしませんか？

嘘から始まるピュアラブコメ、開幕。

お見合い話を持ってくる祖父に無理難題をつきつけた高校生・高瀬川由弦。数日後、お見合いの場にいたのは同級生の雪城愛理沙!? お見合い話にうんざりしていた二人は、お互いのために、嘘の『婚約』を交わすことになるのだが……。

スニーカー文庫

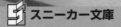

エロゲのヒロインを寝取る男に転生したが、
俺は絶対に寝取らない
みよん
illust: 千種みのり
NTR？BSS？ いいえ、これは「純愛」の物語——
奪われる前からずっと私は
「あなたのモノ」
ですから♪
気が付けばNTRゲーの「寝取る」側の男に転生していた。幸いゲーム開始の時点までまだ少しある。俺が動かなければあのNTR展開は防げるはず……なのにヒロインの絢奈は二人きりになった途端に身体を寄せてきて……「私はもう斗和くんのモノです♪」
スニーカー文庫

きみの紡ぐ物語で
世界を変えよう。
第30回
スニーカー大賞
作品募集中!
大賞 300万円
+コミカライズ確約
金賞 100万円
銀賞 50万円
特別賞 10万円
締切必達!
前期締切
2024年3月末日
後期締切
2024年9月末日
詳細は
ザスニWEBへ
https://kdq.jp/s-award
イラスト／カカオ・ランタン